得体

茱萸——著

孟繁华 张清华/主编

情感共同体
80后作家大系

山东文艺出版社

图书在版编目（CIP）数据

得体 / 茱萸著 . -- 济南 : 山东文艺出版社 , 2024.
（情感共同体 · 80 后作家大系 / 孟繁华 , 张清华主编）.
ISBN 978-7-5329-7198-5

Ⅰ . I227

中国国家版本馆 CIP 数据核字第 2024JZ6846 号

得体
DETI

茱萸　著

主管单位	山东出版传媒股份有限公司
出版发行	山东文艺出版社
社　　址	山东省济南市英雄山路 189 号
邮　　编	250002
网　　址	www.sdwypress.com

读者服务	0531-82098776（总编室）
	0531-82098775（市场营销部）
电子邮箱	sdwy@sdpress.com.cn

印　　刷	肥城源盛印刷有限公司
开　　本	620 毫米×1000 毫米　1/16
印　　张	12.25
字　　数	160 千
版　　次	2024 年 7 月第 1 版
印　　次	2024 年 7 月第 1 次印刷
书　　号	ISBN 978-7-5329-7198-5
定　　价	49.00 元

版权专有，侵权必究。如有图书质量问题，请与出版社联系调换。

总序
80后：一个情感共同体

孟繁华　张清华

"情感共同体"，是新近兴起的历史学流派——情感史研究的概念。这个历史学研究流派被称为史学研究的新方向，它在考量客观事实的同时，还关注到人的道德、行为、信仰与情感等因素。美国学者苏珊·麦特和彼得·斯特恩斯指出，对情感的研究改变了历史书写的话语——不再专注于理性角色的构造，而情感研究已有的成果已经让史家看到，不但情感塑造了历史，而且情感本身也有历史。当然，研究历史与情感的关系和研究文学与情感的关系，是完全不同的两回事。借助历史研究的"情感共同体"概念，意在说明，这个共同体是一个真实的存在，而并非空穴来风。

将80后作家群体看作一个"情感共同体"，当然也只是一个比喻，一如我们此前将70后看作"身份共同体"一样。任何比喻都是有欠缺的，但可以将比喻对象更形象地呈现出来。另一方面，即便是80后本身，他们也从不同的方面将作家看作一个"共同体"。80后有代表性的批评家杨庆祥，写了《80后，怎么办》一书，引起很大反响，特别是在80后群体中，反响更强烈。张悦然说："十年前80后主要是一种反叛形象，主要写的是叛逆青春,那时候的80后肯定不需要《80后,怎么办》这本书。但是到了现在,变化非常大。我的问题在于,这代人是不是变得太快了一点,好像青春结束得太早了一点,一下子就进入了一种很委顿的中年的状态里面。正是在这样快速的消失当中,我们这一代人需要停下来审视自己。"由此可见,杨庆祥的困惑切中了一代人的思想脉络。他书中提出的问题,比如"失败的实感""历史虚无主义""抵抗的假面""沉默的'复数'""从小资产阶级梦中惊醒""我们这一代没有真正的青春""我依然属于弱势群体""能够受到一些公平的待遇就可以了"等,因有极大的"共情性",而受到了同代人的关注。这是80后内部对"情感共同体"认同的一个佐证。但无论如何,杨庆祥还比较客观。他终究还认为"我们是比50后、60后和70后更幸福的一代人"。这当然是另外一个话题。

在现代社会里,每个人都是当然的单个主体,但每一代人也必定有某种共性,虽然这共性也是被建构和解释出来的。80后的共性是什么?也许很难说清楚,杨庆祥的阐释或许也不能说服所有人。要想为他们找一个最大的"公约数",确乎很难。但是,从某种意义上来说,这一代人有着相似的文化与社会境遇,却是事实。这种境遇在我们看来,或许就是一种历史的"错位感"与"迟到感"。他们成长的阶段,刚好是中国社会迅猛变革与走向市场化的年代,他们的童年与青春时代,经历了中国社会价值观的剧烈转换;而等到他们长成的时候,中国的社会已历经世纪之交,进入了一个阶层逐渐固化、机遇相对减少的时期。相对优越的成长环境、比较早地受到关注,与成年后的某种失落之间的落差,带给了这一代人特有的困惑与迷茫。

从这个意义上,与其说他们是一个"情感共同体",不如说是"经验共同体",只是这样说不够清晰和强烈而已。要想说得有效，而不只是"求正确"的话，那么"情感共同体"是一个必要和不得已的强调。但是须知，在情感体验与情感表达之间，也同样存在着巨大的差异，人的个性差异在文学表达中，尤其有决定性的作用，更何况，人所表达的情感，也未必是他内心感受到的真情实感。所以，从根本上说，即便是同代人，他们的创作也未必在同一个声音频道里。因此，恰是这些相同和差异，一起构成了这代人的整体特征。我们必须承认，现在我们讨论的80后作家，与刚刚出道时的80后作家已经非常不同。对那时的80后作家，社会和文学界都有不一样的看法，比如有的人认为，他们过早地被市场裹挟和被书商包装了，他们没有经历上几代作家所经历的那些制度性的历练，所以在他们之中也就"看不到跟经典写作接轨的作者"。同时还有一种看法，就是他们除了书写个人成长经验之外，很难进行真正的"创作"，对社会问题和社会公共事务还不具备处理的能力。

然而时过境迁，经过十多年的锤炼和努力，以及社会不同方面的合力培育，现在的80后已经蔚为大观，且早已实现了"纯文学"意义上的承前启后，逐渐成熟并走向了文学创作和批评的一线。为了培养文学批评队伍，中国现代文学馆已先后邀请了十余届客座研究员，这些人中的相当一部分是80后，十余届中已有数十人，其规模已足以令人生畏。更有第三届客座研究员，还将他们自己命名为"十二铜人"，显然隐含了自我认同的情感关系。鲁迅文学院多次举办"青年作家高级研修班"，参加者也多为80后。更有专门以培养"文学新锐"为己任的文学刊物或栏目，比如专门举荐文学新锐的《西湖》杂志，以及《人民文学》的"新浪潮"，《十月》的"小说新干线"，《北京文学》的"新人自荐"，《作家》的"处女作"，《天涯》的"新人工作间"，《民族文学》的"本刊新人"，《中国作家》的"新实力"等等，都培养了一大批80后作家。正如80后青年批评家行超所说，最近的这二十年，既是中国社会经济、文化思潮、价值取向发生巨大转变的二十年，也是80后一代从青春期的少男少女成长为家庭支柱和社会中坚力量的二十年。80后一代在生理和精神上的全面成长，必然导致如今的80后文学与此前呈现出若干显见的变化，世纪之交那种与市场需求、商业逻辑等相纠缠的青春文学，已逐渐在他们笔下消失，取而代之的，是在内容、主题、艺术手法等多方面都变得更加成熟、更加复杂的多样性的写作。到今天，在纯文学刊物、出版市场、网络文学等各个文学场域，80后作家都占有重要的位置。而这代人写作历程中所经历的变化，恰恰构成了中国文学在新世纪发展流变的一个面向。

从诗歌领域来看，80后的一代，似乎已经没有当年70后登场时那种明显的策略意识。他们既不急于标张自我文化身份的独异性，也不刻意强调与前代的继承性，在诗风上是相当"稳健"的一代。从社会身份看，他们也主要有两类，一类是"学院派"的，一类是"非学院派"的——隐藏于社会各界与三教九流，但共同点是，文化素养都相对较高。其中"非学院派"的一类在写作上更接地气，像丁成、阿斐、唐不遇，还有女诗人中的郑小琼、李成恩，他们都是现实感非常强的诗人，当然表达个性都各自有鲜明特点；而茱萸、胡桑、严彬、王东东则都属学者型的诗人，有很强的学院背景和诗学素养，他们的写作可以说都非常自信，有从容不迫的气度，既充满知性，同时又不掉书袋，殊为难得。这两类诗人，并没有像"第三代"那样分为"民间写作"和"知识分子写作"，他们几乎已经消弭了这些对立和差异。即使是像郑小琼这种出身底层、从"打工诗人"群体中成长起来的写作者，也体现出良好的素养，也写过许多具有先锋气质的，以及"纯粹植物"意义上的诗歌。

总体上，80后一代的文学评论家、小说家、诗人、散文家，已经全面覆盖当代中国文学的各个场域。为了推动这个文学群体的健康发展，鼓励青年作家创作，我们在编辑"身份共同体·70后作家大系"之后，应出版社之约，不得不继续勉力集合"情感共同体·80后作家大系"，深感使命难违，与有荣焉。但实在说，又恐因为年龄阻隔、代沟之障，对他们的理解和阐释其力难逮，说出外行话来，令方家和晚辈嗤笑。所以，多不如少，与其在这里喋喋不休，不如让读者自去判断。

致敬山东文艺出版社的朋友们，他们高瞻远瞩的文学眼光和情怀令我们感佩不已；也致意80后的青年才俊，他们的积极响应也令我们倍感欣慰。让我们一起努力，继续为中国当代文学的发展添砖加瓦。

是为序。

弁言

  在此处,"得体"一词被用以形容某种修远的诗歌理想。它既指诗歌创作中良好分寸感的达致(得于体),又指与现代诗歌各体式相关的若干可能性的生成(得其体)。本集以"得体"冠名,既是对自己二十年习诗生涯的总结,又是对个人写作前景的某种期望,同时愿它能成为我而立之年后仍勉力于诗的见证。

茱萸2023年暮春识于苏州

目　录

总序　80后：一个情感共同体　/　001
弁言　/　001

辑一：佛蒙特夏天（专题小集17首，2018）

穹森的黄昏　/　003

坡前看云　/　005

取道树林去河湾　/　007

廊桥岩　/　009

在农场喝红茶菌　/　011

周末集结令　/　012

古玩店　/　014

狗头瀑布　/　016

十七岁生日晚宴　/　018

谐律：夏目漱石　/　019

巴黎消息到美利坚　/　020

碧城三首（其一）／ 022

本宁顿谒弗罗斯特墓 ／ 023

碧城三首（其二）／ 025

雨夜 ／ 026

碧城三首（其三）／ 027

译者之劳 ／ 028

创作谈：关于《佛蒙特夏天》／ 030

辑二：酬赠与游尘（专题小集18首，2015—2022）

夜饮口占 ／ 039

红衣小夜曲 ／ 041

晚餐狂想曲 ／ 042

沁源山中 ／ 043

夜何其 ／ 045

在淡水的半日 ／ 047

在澳门的半日 ／ 049

厨房超人 ／ 051

自湘江北至洞庭 ／ 053

汨罗江畔诗圣遗阡 ／ 054

礼魂：观《屈原》音乐剧 ／ 056

韩国东海岸沿途随记 ／ 057

郁达夫临江宅 ／ 059

想象陈子昂 ／ 061

漫山岛 ／ 064

采风与座谈 / 066

调一舸 / 067

黎里访吴琼仙遗迹 / 068

辑三：嘉辰长短是参差（系列短诗8首，小长诗3首）

路拿咖啡馆（谐律之一） / 073

提篮桥（谐律之二） / 074

出梅入夏（谐律之三） / 075

永定土楼（谐律之四） / 076

桃花潭（谐律之五） / 077

译李商隐《北楼》诗（谐律之六） / 078

沧浪亭（谐律之七） / 079

苏州日常（谐律之八） / 080

春天的菲丽布 / 081

诗日新 / 085

长沙的春日 / 088

辑四：九枝灯（系列诗16首）

曹丕：建安鬼录 / 105

阮籍：酒的毒性 / 107

庾信：春人恒聚 / 109

孟浩然：山与白夜 / 111

李贺：暗夜歌唇 / 113

罗隐：秾华辜负 / 115

刘过：雨的接纳 / 117

叶小鸾：汾湖午梦 / 119

钱谦益：虞山旧悔 / 121

沈复：浮槎遗事 / 123

夏衔：雨中言 / 125

轮渡：指南录 / 127

蜂巢：深夜谈 / 129

洞背：村居记 / 131

城堡：犬山行 / 133

炉端：酒后作 / 135

辑五：湖水年年到旧痕（历年诗选27首，2004—2021）

失踪 / 139

所见 / 140

凌晨的颜色和声音 / 141

窗户的道德优越感 / 142

花草市场 / 143

风雪与远游 / 145

入冬 / 147

深夜食堂 / 148

凤梨劫 / 149

夏日即景 / 150

避雨的人 / 152

海葵 / 153

咸鱼书店 / 154

柳絮还是杨絮 / 156

去京都 / 158

奈良 / 159

东京初雪 / 160

雪堆上的乌鸦 / 162

健身房素描 / 163

酸甜小史 / 165

诗人的隐秘生活 / 166

雨夜物语 / 168

咖啡独奏 / 169

译李商隐《李花》诗 / 171

幽素 / 173

在泰州 / 175

李贺《春怀引》新释 / 176

追踪"古意"的现代诗性维度 / 179

辑一：佛蒙特夏天

（专题小集17首，2018）

穹森的黄昏

是的,这个世外桃源般的小镇,
我愿意把它的名Johnson译成
穹森。苍穹广大,周遭林木
森森,辉映落日时分无垠金色。

神秘之手在调光,调当地特产
枫叶糖浆的甜度。不远处淌着
Gihon River(从伊甸园流出的
第二道河,也叫这个名字)——
我想把它译作"激涌"河——
然而它也调着流速的缓急,
如今水面平静,名不副实。

走远些,西南某处有家伐木场,
东北边坐落着一座木质廊桥,
大街上还有夏天长期歇业的
当地毛纺厂的直营店。
多少个黄昏我沿路检阅它们,
与邻村的旧货店老板清点
他的收藏在同一时间。

穹森镇的黄昏总是准时出现。

透过我的窗子,蓝天、白墙、红砖、
绿树与黑栅栏,依次在光束中
谢幕于艺术家们放映的幻灯片。

2018-7-11

坡前看云

雾团溅起依赖溪水倾泻
销售枝头最新的晨露。
接着它远远地投映到天宇
并且繁殖。起先是
风缺席期的庄严面目：
首个统治白昼的家族
总与银河轮流执政，隔着
黄昏和黎明履行职责。
随即它在气流中迷惑
自然节奏不同的呼吸，
消瘦或膨胀通常泛指
世界局势的瞬息万变，
收割蜜雨酸男甘烟辣女。
强光继而割破盈溢的
云层，宣示更高权柄迎来了
穹森镇的烈日时刻。
最终目睹异域植物生长
在这明澈的氛围里，醉心
普天之下吞吐的深情，
我的擎云壮志略小于
宇宙装置和剧增的体重，

怎敢言摘花高处赌身轻?

2018-7-12

取道树林去河湾
——给韩博和施笛闻

基训河流过此处,沿着山脚
来了个急转弯。漩涡与
暗流积蓄利息,才有碧潭一泓
依旧为枯水期发明真正的冷。

到这里来!

它召唤人们享受长夏里
露天沐浴的清凉,召唤你
路经那片树林时,沿途看到
拖拉机的黄色残骸,看到
斧柄腐烂已久而树垛坚实,
满地松果(是那种长圆柱状
布满棕色鳞片的)无人捡拾,
有如松鼠伏兵布置的迷阵。

它召唤你穿越林间空地,
自灌木和深草掩映的小径
踏入水流与鸟鸣的合奏,
此时你的双足将不再
听命于植物茂盛的柔软。

到这里来!到这无名河湾
重新袒裼裸裎,在激流里
荡开波纹,轻轻轻轻地翻卷。

2018-7-13

廊桥岩

涂鸦隐现于基座桥身灰褐,
桥下起伏的岩堆与之同色。

浪沫喷溅丝毫不见静水深流,
仿佛那是廊桥内才有的请求。

从桥北的斜坡滑入河滩,
你为降低重心于是弓着身子,
直到手因触及冰凉的河水而
得到了满足的馈赠,接着你
脱了鞋袜再次踏入同一条河。

零星几块彩色岩石让你接连
恍神,以至于摸着它涉水时,
苔藓接管了你的步履,推送出
酒醉时分那种迷人趔趄的
新湿意,在编织物纤维里逗留。

你为蹚过激流而赔着小心,
随时准备扑向某块裸岩的干燥。

自桥南拽着灌木登上树林,

你听见汽车穿过廊桥的呼告。

2018-7-13

在农场喝红茶菌

柱状透明的身体地图内,
她的深红各省业已叛变,
蓝色区域则厉兵秣马,
酝酿了暗潮汹涌,所以打开
瓶盖的瞬间,她嘭的一声
泄出了冲天的怒沫。
在主街北段某个临近
穹森镇的农场直营店,
我们买下几瓶这种据说
绝迹了许久的发酵饮料,
三十多年前惹东方之域
为她狂热的倾国妖姬,
如今隐居于此不动声色。
我们坐下,让液体冰凉
酸甜丰富入驻外来之喉,
寻找陌生的食道和胃。
暴动最终被我们的广阔
山河镇压,店里摆放的
瓜果蔬菜温驯地度日,
对这风云激荡并无所见。

2018-7-14

周末集结令

怀揣以下身份的人集结于小镇:
画家、诗人、摄影师、译者……
其中有些同时兼了厨师、司机和
艺文中心的工作人员的角色。
他们今天通过微型乌托邦分享了
创世完工后那如释重负的愉悦,
直到周末早餐成为迟来的领受。

教堂后面的旧货店迎来了每周
仅有的开门。我闻风而动赶到时,
只见来自波哥大的摄影师大哥
刚把相中的七条T恤拿去结账,
两个画家姐们正愁于哪件合身。
积灰的架上两只木烛台拂开我
迟来的懊恼与钱包的尘意,
又催动往下一家店淘货的脚步。

出版于1882年的插图本诗集,
正好放入那个木质温润的旧匣,
旁边摆上诗人在第三家店里
买下的那对鹿角柄的刀叉,
镜头将陶醉于巨大的Antiques

招牌带来的谜之眩晕。

同去的女艺术家空手而归,却
没放过沿途的有机农产品店。
趁补给时间我们清点了战利品,
检查了队伍和弹药,仿佛后者
可以装填进店里那支不卖的
南北战争时期的老步枪。

译者拿起绣有圣诞节场景的花毯,
从公路对面提前撤退做了逃兵,
回到驻地晚餐结束后,我见这个
苏格兰阿拉伯血统参半的伙计,窝在
河边的红色椅子上,正临流
苦大仇深地啃那本《天方性理》。
画家安娜女士标志性的笑容,则
提醒着天光尚早准备笙歌彻夜。

2018-7-14

古玩店

溪流冲刷卵石,犹时光
撞击百余年间静物飞动。

擦拭完旋即落满灰尘,
稀释手持易碎品之紧张。

且听白头店主闲坐说身世,
朝各式银盏铜匣铁熨斗锡壶
激情演说,如今抑郁于此间
给异域客免税打折优惠。

隔壁同行有水晶器皿之
高华,巴洛克台灯之耀目,并
余温犹在之烛台,或许点燃过
昔年莱克星顿成片之枪声。

镇店之宝则仿佛从未上膛,
硬木托手划痕遍体息隐林泉,
镂刻了新英格兰临瀑伐木
创业于自我造就之英雄气。

寒暄拣选问价道谢,

木制书搁作为礼物到来。

2018-7-16

狗头瀑布

起初天工放牧天光,
运行在水面散为余绮。
窄桥铸造肉身于钢铁,
见惯新英格兰乡村往事。

前面飞瀑凌人,
垂钓客难免为之湿身。
谁知游鱼何时咬住钩饵,
能见度即是难得深情。

后方文化交流永无休止,
犹太姑娘和那个青年,
上演了各种有趣试探。
你却在瀑布下无端兴奋:

丛林掩映路途通往此地,
相较波士顿婆罗门累世风流,
还不如独善其身拈花微笑,
山林间做个遛狗的炼气士。

啊,水流不腐,运动积郁成岩,
形似它家喻户晓的头颅。

天黑前喝退水族,如驱赶羊群
前往虚空:云深不知处。

2018-7-17

十七岁生日晚宴

——为奥莉维亚·内斯比特而作

我们知道消息已经太迟,
惭愧并没有什么像样的礼物。

暂居于这个文艺理想国,
两位年轻缪斯中的一个,
走进了她充满魔力的十七岁。

在抵达佛蒙特的第十二夜,
我们得以见证你的芳名
出自莎士比亚喜剧的余韵,
如今焕发出新的闪耀。

聊以一束橘色百合(她
刚经受温柔的采摘)见证
少女天然的繁荣与骄傲。

2018-7-18

谐律：夏目漱石

夏目微张正冈前远望如此一绿潭，
夕阳默敛金丝风前织就几匹绸缎。

我今愿往枕溪流漱顽石磨炼齿牙，
近视镜握紧焉惹愁端缠援若须发？

岩热水凉履炭践冰别于逍遥玩世，
潺湲声里眉眼翕扬矜似入瀑低枝。

奉前书辱赐地址兼并珍稀与美艳，
谁谅你违章置酒为不辜负于锦时？

2018-7-19

巴黎消息到美利坚
——寄留法的秦三澍

听说你最近从首都
居大不易的空气里撤离,
搬到了城郊生活。
我好奇于"出了巴黎
就是沙漠"的古训,
在马克思或托克维尔
那里的妙用。他们曾
宣称"人民的胜利比
任何时候都更有把握",
说"巴黎吞噬了外省",
而像伦敦或纽约这样
人口与之差不多的大城市,
很难想象它们足以决定
不列颠或美利坚的命运。
你的城郊,或许更应该
称为乡村?当地的法语
和你所学是否不尽相同?
马恩全集第五卷(摊开
关于巴黎起义的那页)
或《旧制度与大革命》
和文学藕断丝连,制约着

你平静的乡居生活，
鸡犬之声相闻，你回答了
我们递出的峻急之问：
高卢雄鸡，法国斗牛犬。

2018-7-20

碧城三首（其一）

有好些绿房子错落排布于此，
云朵将外墙擦洗得格外新鲜。
午后微风遣散尘埃的同时吹皱了
桥下流水，隐士夜鸫的标准音

因着它的伴奏扩散到四周。
欢迎你来！长着棕尾的候鸟，
如我这般客居峰峦聚拢的小镇，
取食浆果在佛蒙特的夏天。

直至暮色再度降临，我看见银河
笼罩着历经日落黄昏的相聚。
提前离席者已朝天宇为良夜
买单，获得数颗星辰的找零。

而盈月之亏就当成支付消费税，
它在下个月又要被补贴回去。
只是碧绿小镇上暂住的人们
来不及收款，因为离去有期。

2018-7-21

本宁顿谒弗罗斯特墓

诗人的大理石墓碑平躺于
经由枝叶缝隙倾泻的光影。
上面刻着七个名字,包括
他的爱妻、儿孙与两句
墓志铭:"我和世界有过
爱侣般的争执。"出自他的
那首长诗《今天这一课》。
镌在夫人的名字下方的
另一句却鲜为人知,由这位
早丈夫二十五年而去的女士
收悉自天堂邮局:"翔于宇
则比翼,涉于水则同舟。"
最终,整个家族团聚于此,
却为家长盛名的牵累,而要
长期忍受慕名者的不断造访。
他们来自不同的国家,操持
不一样的语言,肤色各异却
都津津乐道于阅读他的心得。
有些人对"墓碑上请勿放置
硬币、鲜花或杂物"的告示
视而不见,留下些许零碎。
与他们共享整个墓园的亡灵,

是否因不胜其烦而提出抗议,
致使身在天堂的诗人,如今
和世界有着邻里般的争执?

2018-7-22

碧城三首(其二)

清流映树枝,鸟鸣引波纹震颤;
瓶花枯萎多时,而苗圃正当年。
此地的池塘拒绝新荷种植,只因为
它是植物中极具侵略性的异端,

不及红苜蓿遍布各处谨守低调。
虚室生白,碧岭之城聚拢云雾,
若在山泉遭遇几枝摇曳的纳蕤思,
最好是祈祷宁芙们的及时出现。

她们中的某几位后来成了缪斯,
由两人赐予客居者书卷与竖琴。
得益于古老的教诲你耕作并收获,
伴着隐士夜鸫响彻山间的歌吟。

直到失眠并未弄丢参与的富足,
你停止辛劳以享受中宵的阒寂,
目睹自古玩店购得的银制熏香炉,
朝烟雾传感器露出久违的羞怯。

2018-7-24

雨夜

雨滴敲打屋檐,敲打旅人的不寐。
读几页书又放下,他痴想连日来
频繁的落雨怎样汇入屋外的溪流,
河湾游泳时分为溽热的喧嚣降噪。

他看着这部无网可联的手机不再
收到各式的新提示音,只有雨滴
发出的响声应和着白天的热议:

花丛聚拢蜂群,人们麇集于网络,
社交平台上遍布着新闻的嫩蕊。
只要看不见的手轻轻捉弄,失了
土壤的它们将迅速迎来枯败。

然而更远处,失眠的青年无畏。
哪怕时事苦涩如黑咖啡(我们
清晨喝,正午喝,我们在夜里喝它),
夜雨浇灌的几枝终会贡献出蜜,
供更多授粉昆虫在阳光下采纳。

2018-7-25

碧城三首(其三)

这栋建筑许久前被用作教堂,
听说早些年不幸遭受过火灾。
如今它装葺一新,悦纳我
经由房门虚掩透出暖黄的光。

转眼二十天过去,我享受着
艺术与友爱,节日般丰盛。
目睹初生之月渐趋于满盈,
星辰洒落流经碧岭间的河道,

看到却无法打捞。距离引发
得体的分寸,新英格兰绅士
通常制造热情在恰当的限度,
使游荡与闲谈能被准确纪念。

至于蜜蜂往花心采集的隐私,
劲爆无过昆虫界的殖民计划。
激进政治与独立倾向刺激它,
防止佛蒙特微观共和国诞育。

2018-7-26

译者之劳
——给施笛闻和凯瑟琳

半截巴别塔建起心乱徒惹，
内部构造却有待完成精密。
多数时候人们看见语言工地
狼藉一片，谈何使命神圣，
译者天职总落于具体的难题。

该项劳动被誉／喻作盗火撑船
西西弗斯推石或吴刚伐桂。
将来某日高山为谷深谷为陵，
月球殖民得到了巨大推进，
光芒耀目如斯涟漪俊美无限，
终于可以歇息的热情又煮沸

焦思，再熬出尽职的胶丝，
不同文字间的粘连变得紧致。
这份天职的起源如此古老，
世界文学（假如它的存在
并不是一个幻觉）的祭司，请

牢记自己的权柄：真花暂落，
画树长春。劳作刻印的青翠

记忆是技艺,原文在翻译里
再度盛开,且将越发繁茂。

2018-7-31

创作谈：关于《佛蒙特夏天》

老实说，《佛蒙特夏天》这组诗的诞生纯属偶然。它包含18首诗，集中写作于2018年7月。它们原先并不在我的写作计划中，而且，在这样的短时间里批量"制造"出这个数量的作品，更是近十年来在诗歌创作上逐年产量锐减的我所不敢想的。这次的"诗之灵感"得以"意外怀孕"，说起来，首先要感谢坐落在美国东北部的佛蒙特州，感谢那个叫约翰逊（Johnson）的小镇——在那首《穹森的黄昏》里，它被我刻意翻译成了"穹森"，苍穹下密布森林（整个佛蒙特州约77%的面积是森林）的所在。

是的，我在约翰逊度过了2018年的整个七月，《佛蒙特夏天》既写于"此时此地"，更为这个难得的"此时此地"而作。那个夏天，我与许多来自世界各地的诗人、作家和艺术家汇聚到位于约翰逊的VSC（佛蒙特艺术中心），作为驻地作家，在那里生活、创作与交流。受惠于亨利·鲁斯基金会（Henry Luce Foundation）一个针对汉语诗人及诗作英译专项计划的资助，我和我诗集的英译者、来自苏格兰格拉斯哥的施笛闻（Stephen Nashef），就这样"组队"来到了被称为"绿岭之州"的佛蒙特。只是，我们的"任务"并不是"伐木"或"打怪"，而是就我的诗的翻译进行交流——除此之外，基金会没有对我们提任何别的要求。

自出发开始,约翰逊之行就显得颇不寂寞。获得基金会赞助、预约了是年七月入驻VSC的中国诗人,还有韩博。我们认识有十年以上了,他是我的诗歌兄长,是在很多方面都有相当之共识的朋友。从上海到底特律,从底特律到伯灵顿,再从伯灵顿到约翰逊,我们得以一路同行。而施笛闻不只是我的所谓"译者",其实在此之前我们就已熟识——他和我同龄,除做汉诗英译的工作外,他在他的母语里亦是一个很好的诗人。在约翰逊,因为这两位朋友的存在,以及韩博的译者凯瑟琳(Catherine Platt)的加入,我们这个月过得颇为热闹,足够让以前或后来在此驻留、枯寂地度过夏天的几位我熟识的中国诗人羡慕。

在《佛蒙特夏天》里,《取道树林去河湾》是送给韩博和施笛闻的。在组诗结尾的那首后被《钟山》刊落的《译者之劳》,则是为施笛闻与凯瑟琳两位辛勤的译者而作。还有好几首诗的灵感与用心(待后文详叙),皆受惠于与他们的交流与同游。从这个意义上来说,《佛蒙特夏天》的存在,不仅为纪念那个夏天灵感的意外受孕,更为纪念与这三位朋友共度的"约翰逊之月"而作。

初到约翰逊,每个人被VSC分配了一个卧室和一个工作室。卧室区要与其他驻留作家、艺术家共享各自楼层的洗手间,而每顿饭则在旧日曾为磨坊的一间临河的红房子里解决——我将这个餐饮风格每周一变、由受其他基金会或其他项目"非全额资助"的驻留艺术家担任厨房志愿者的地方,戏称为美国版"人民公社大食堂"。那里的伙食时好时坏，熬到第四周的时候，我终于抑制不住回国的冲动……好在，现磨咖啡管够，而且24小时随时去都可以自己动手制作。

在约翰逊，VSC这个公益性组织有着众多的房产，遍布于以约翰逊主街和基训河（可能得名自《旧约》里伊甸园的第二道河）为轴的一大片区域之中。我们几个的工作室在主街一侧、紧邻基训河的一座旧日教堂内。在由教堂改装的两层楼里（据说此前不久它遭受过一次火灾，在我们到来前刚刚修复完毕），七八个房间内驻扎着许多诗人和艺术家，还时不时就一些艺术或诗的话题进行交流，颇有点"和而不同"的味道。在这幢楼以及其他几处建筑中，劳作的诗人与艺术家们的"众生相"以及大家在这座小镇为期一个月的其他生活细节，也经常出现在《佛蒙特夏天》里。

就这样，在佛蒙特的这个夏天，在那间位于旧日教堂内部的工作室里，我陆续写下了收录在《佛蒙特夏天》里的每一首作品。但细心的读者会发现，月初我即已抵达，而《佛蒙特夏天》的第一首诗，落款时间却迟至7月11日——这是它并非我此行的计划产物的又一明证。其实，在驻留的开端，我们的主要任务（与译者就自己诗作的翻译展开交流讨论）就已完成，在来约翰逊前施笛闻即完成了我那些诗的全部翻译，如此一来，我们心照不宣地将此行当成了度假，顺便就译稿的修订、补充交换看法，除此之外别无计划内的事。但当时并无写一组诗的计划，又觉得不能完全散漫下去而辜负好时光，所以在驻留的前十天，我一方面沉浸于初到约翰逊的新鲜感当中，另一方面开始进行一些其他的案头工作：

应某家出版公司的邀约，为《秋灯琐忆》做详注和翻译（译成现代汉语）；为前辈诗人、翻译家陈黎当时即将出版的《诗歌十八讲》撰写一篇序言；应《新诗评论》开设的"高校诗歌与新诗教育"栏目之约，谈一谈这十年来我经历的同济诗社；应某家学术期刊的邀约，写一篇谈诗人朱朱新出诗集的论文……

当那个夏天结束，检点这几项当时着手的事，才发现，其实只有前两项算是完成了；第三项其实只开了个头，酝酿出了一些片段，至于最终定稿，得拖延至回国后的十月；第四项压根就没影了，直接放了刊物和朱朱的鸽子，让我至今想起来都很内疚。与此同时，工作室就在我隔壁的韩博，这个月下来倒是做成了很多事：修订了长篇小说《三室两厅》；写完了谈他所经历的20世纪90年代复旦诗社的文章（是的，在这件事上，我们的"东家"都是《新诗评论》）；和凯瑟琳就他的《第西天》的翻译进行了深入有效的交流，并写了一组诗《约于草》。我默默对照了一下：修订长篇比译注一本书可能容易些，写万字长文谈亲历岁月应该比我作一篇三千字的序要投入更多精力和激情。这样算工作量可以打个平手，而他写下了《约于草》，就胜我一筹了。好在，我逐渐写了《佛蒙特夏天》，至少在篇幅上要比他长那么一点……这么说，我的"精神胜利法"还蛮奇特。

至于与译者的交流，那当然要数韩博和凯瑟琳这对模范作者/译者组合了。对我而言，那是不存在的。因为相互太熟以及早已完成得差不多了，我和施笛闻在这方面就变得非常"消极怠工"(但我们交流别的)。在做上文所述几件案头工作之余,他去附近的河湾游泳较多,我步行去一公里外的几家古玩店和旧货店淘小物件较多。作为众生相的其中一员,施笛闻还出现在我那首《周末集结令》中——瞧,那位常跑去河边读《天方性理》的小哥便是。

值得一提的是,在这个夏天,我们倒是与另一位特殊的"译者"展开了极富意味的交流:来自危地马拉的小说家爱德华多(Eduardo Juarez)。他对韩博与我的诗充满兴趣,对我们饱含友善与热情,并试图通过与我们两位作者的交流及两位译者的英译稿,将我们的诗转译成西班牙语。在临近教堂工作室的一处咖啡馆,以及坐落于山上某处角落的另一家咖啡馆,甚至山间小路、瀑布和岩石间,我们就诗和小说等问题展开了非常有意思的交流。在这种跨文化交流及二次翻译中,我想对于并不懂汉语的爱德华多来说,施笛闻的英译稿还是起了关键作用的。回国半年后,我收到了爱德华多译成西班牙语的、由28首诗构成的我的诗集。据我所了解到的情况,在这份书稿里,除了他的劳作,还凝聚着施笛闻的前期工作,以及爱德华多的诗人朋友瓦尼亚(Vania Vargas)的后期润色。当然,在所有这些工作里,《佛蒙特夏天》还没来得及变成其他的语种,甚至它的汉语本体,从写就、改定到正式发表,亦隔了一年有余的时光(2018.8—2019.12)……

对于在佛蒙特度过的这个夏天,还有一些需要交代的情况,我想偷个懒,直接引一段韩博为他的《约于草》写的文字。如此，这段话既是对我未完成的叙述的补充，也算是对我以上叙述的一个旁证：

> 7月，至美国东北部佛蒙特州约翰逊镇驻留……我本想花上一个月时间，借此机会，完成长篇文本《三室两厅》终稿，结果由于工作气氛过于浓郁，一个星期即大功告成，其余时间，悉数便交付于阅读、游泳，与驻留艺术家交流，以及见缝插针地开着Catherine Platt朋友的车，伙同茱萸、Stephen诸友就州内游历，尤其是做出一些令阿拉伯裔英国诗人Stephen所不齿之事——拜访作家的房子，比如罗伯特·弗罗斯特的农场，乃至索尔仁尼琴出走苏联之后定居的小镇。
>
> ……我们生活在连环的梦境之中，多数时候，并非主动做梦，而是有如印度创世神话所阐释的那样，被梦所梦见，因深处梦中而无以逃避。

韩博的2018年远比我精彩，从西伯利亚、贝加尔湖到美洲，步入夏天后与朋友们相聚在弗罗斯特笔下的"波士顿以北"。那里的盛夏宛如仲春，陪伴我度过了许多个沉浸在汉语中推敲字句的日夜，更让《佛蒙特夏天》得以诞生。这个新英格兰地区的小镇直似世外桃源，隐居其间的这一个月则永远定格在了业已逝去的时空当中，如今于相隔一年的岁杪忆及这段时光，不禁怅然若失。

2020-1　姑苏城九枝灯室

辑二：酬赠与游尘（专题小集18首，2015—2022）

夜饮口占

夏天聚居一室,围绕方桌
陷入暗影,在这无名之夜。
我们点的酒,有些是初识,
有些则甜醇如陈年旧交,
不宜转瞬即忘。何况时间
终将吃掉你香裙的色泽——
法兰西的老勒内,声音
回荡于这异国冰冷的墙壁。

迟到的人儿请饮了这杯酒!
听我说一说离别前的召唤
(它曾将好奇托付于友谊),
与敞开门的微醺。听我说,
远行是果离了树,蝉蜕了壳,
晚餐前的两粒甜杏离了酸;
是一个循环接着另一个,

循环的故事里有那真生活。
远行的人儿你饮了这杯酒,
初夏的午夜尚残余着冷风。
它裹进来灯光昏黄,我拨动
蜡烛的棉芯,调和光的摇曳,

如调酒师般拨弄众人的味觉。

2015-5-26　沪上送大头马北行

红衣小夜曲

灯光此刻洒衣裳,良夜沉沉
不堪通梦寐。酒杯中的波纹
泻来更深的红,有人轻盈如小鹿,
出没在人潮涌动的密林。

众生的言语就是最好的配乐。

这一次,所有的漂亮鞋子都追不及
那片舞步上浮动的红云。

唉!难得的好时光。一年将尽,
几次交谈也不过是零星的粉末,
被记忆研磨,散发惆怅的香醇。

2017-1-2　与颖川、陈远馨在深圳

晚餐狂想曲

异地杯杓劳想象——如今则是
海边和城里。怪念头接踵而至，
珠三角的冬天温暖如暮春，
蒸着沐浴在热气中的椰子鸡。

——这一幕并没有如期实现。
我们在山上以羊肉解决晚餐，
而椰子回到树上，鸡栖于埘；
久候之人取消了预约：日之夕矣！

我们在夜色已深之时回城，
耐着堵车所引起的焦躁与烦闷。
期待熬过它，熬过失约的严重，
能独上高楼读一遍《南方公路》，
友人带来了凉意与十点钟。

2017-1-2　深圳，给颖川

沁源山中

众生曾堕入软红尘,
如今循远路前来,
为的是向秋凉求证
自然的玄奥之处。
沿途遇见碧空如洗,
古木参天而猴群自在。

观自在菩萨,行深般若
波罗蜜多时,照见五蕴
皆空,度一切苦厄。

此处有悬崖供人撒手,
有好景致演绎传奇:
帝子降于山西,目
眇眇兮愁予。圣寿寺中
端坐了一千年的人,
到秋风之间继续沉默,
虔诚者种下的慧根,在
王朝晚期长成了密林。

迟来者惊叹于时间的
保鲜技术:砖墙流溢着

往昔遗存的凝重之红，
朝拜的热情则如枫叶般
传染自新鲜的火焰。

寺庙前安放的水缸内，
不见解脱之莲的盛开。
里面布满浮冰，反射着
温柔的太阳光，
旋即被我们轻轻戳破。

2017-10-30　沁源灵空山

夜何其

花神从暗处催动
太平洋
开出一排浪,
撞向牡蛎与礁石。

微雨之昏限制目力,
浓云矫饰为夜的化身。
海风咸腥,助燃纤指
凝成一支蜜炬先行。

未遇传奇于江皋,
但新琴键按出了解佩令,
杂以海岸线修远的颤动,
海滩不倦的喘气。

无从准备对夜的讲稿,
作一夕幽深的骇谈:
设法抵御的夜之黑蓝
吞噬着渐次消失的鲸群。

天上星河转,人间
帘幕垂。恋慕之杏核

藏身于层叠的果肉，
有人轻声问：夜何其？

2017-11-11　花莲

在淡水的半日
——给友人洪崇德

你是淡水的一缕咸风,
破空而来,带着海之湿。
腥味隔着很远都能闻到,
哪怕在半山腰的咖啡馆
稍事休息的安闲午后。
——这轻盈的戏谑里
包含着真正的严肃:
光阴沉郁经年,我们
甘心坠毁如飞虫,变身
友谊的琥珀,隐藏于
由距离凝结而成的松脂。
这一次我到你的地盘,
聊作半日的云游,你
欢喜于有朋自远方来,
用摩托车驮着太平洋,
带我读了遍宝岛山海经。
直到暮色降临红毛城,
我们从森森庭院踱入
真理(大学)的侧门。
在真理面前,你表达了
不同的观点,我想那应该

交给更多的了解和时间。
你给我介绍你的乡贤
陈澄波,他笔下的淡水
披覆着往日的光辉,
照亮了我的此行。
在旧日的沪尾港,
拥挤的英专路朝旅人
敞开了黄昏的怀抱。
我知道此时此刻的
不可再得,知道相聚
短暂,而重逢永恒。

2017-11-20　淡水归来

在澳门的半日
——给友人袁绍珊

我买好来回的轮渡票,
在渡海的船上假寐——
回来时又睡过去一次。
你在口岸接到我,然后去
陆军俱乐部吃葡餐,聊
这座城市的风情与过往,
聊房价、工作、新打算,
聊烦恼于人心的幽微之处,
女性成长道路的不易。
接着,我们步行去瞻仰
散落于周围的世界遗产:
哪吒庙、大三巴牌坊、
城墙遗址、炮台,以及
其余各色的教堂和庙宇。
混在人堆里的我们显得
有些不合群,因为面对
那些或巍峨壮观或庄严
肃穆或充满沧桑感的建筑
与遗迹时,除去虔诚,
分明闪现出先民的恐惧:
来自瘟疫,来自战争,

来自内心的不安,来自
肉身有限与永恒的失落。
安慰则是暂时的,譬如
穿行于狭窄起伏的街道
往恋爱巷去猎奇,
信仰的依恋与激情如今
奇妙地落入游人的俗套;
譬如午后的蛋挞与咖啡
眩晕于椰子雪糕的余调,
它们如友谊般正大光明,
充满了人世间的滋味。
我这次的探访也终于
迎来黄昏的告别时分——
幸好没有等到海水扬尘
就让此行得以尘埃落定。
我要回到伶仃洋的对岸,
你则即将到外岛去处理
一些事务,送我到码头,
轻声对我说:江湖再见。

2018-1-7　澳门旅次

厨房超人
——给诗友倮倮

蔬菜兵变,围裙加身,
冰箱里孱弱的小朝廷
等来了超人的解救:
即便没有披红色斗篷,
亦能将那支十面埋伏曲
配上一篇《块肉余生述》。

油盐酱醋武装到牙齿,
好钢都用在了刀刃。
君子远庖厨,春秋无
义战——这又是哪年的
老皇历?如今讲的是
区块链里的咸与维新。

揭开锅盖,好比掀掉
三片瓦,众声齐呼同去。
翻手为油,覆手为烟,
履砧板和炒锅如平地。
面对这连缀成片的军团,
宜用火攻,慈悲超度。

灶台轰鸣时伴有狂风,
士气天然地化为怒火:
焰体微醺,遍布砖红,
钴蓝与铁黑于雾中相舐。
交缠永无了局,直到
盛宴已成,峰回路转。

2018-12-3　苏州

自湘江北至洞庭
——呈赠臧棣、邓凯

数团深绿缆绳堆在甲板上，
甲板的绿更浅些，两边的
船舷被漆抹成了白色。
钢铁的暗黑、雪白和浅绿
包裹我们。迎着湘江的风，
你想象自己是重临的宋玉，
试图向楚王献上新的辞赋。
但战国和当代如何一决雌雄？
唯过去的诗篇永恒，它们
来自某位长者憔悴的吟唱：
桂木制成的双桨呀飞快
掠过水面，溅起冰莹的散珠；
久候湘夫人降临北岸（犹如
等江豚跃出水面）的热望里，
远眺楚天空阔使人发愁。

2019-6　湖南旅次

汨罗江畔诗圣遗阡

蝉蜕地,羽化乡,语言之翅
的轻盈,足以负载生之沉重?
烛炬高悬于纷纭众说,追光者
借机洗去事实的幽暗:即使
早成空址令人狐疑,本地
终究安眠过一个真实的收信人。

我们走陆路。汽车穿过市镇、
村落与山洞隧道,沿江往东,
想象你当年走水路的情形。
想象那孤舟中的老病之躯,
如何最终停泊到了这小田村?
如何于最后的时日抵抗风痹
折磨?如何回顾生、遭遇死,
嘱咐家人,合上眼睛,埋入
泥土,直至肉身腐烂仅存白骨?

据说,埋(过)你的大小坟茔
共有八处之多(一如你历经
多地的迁徙与漂流),位于汨罗
江边的这片初葬地鲜有人知:
同是命运的恩赐吗?哀伤相若,

你生前却无庾信那般的盛名。

隔壁的村庄叫杜家洞,相传
来自次子宗武的血脉。你曾于
他的生辰说什么来着?"我
和你之间的联系不只是基因
与亲情,还有诗的事业。"
汨罗江畔,我们遭遇的则是
你的另一份遗产:湘楚之地
伏枕书怀的半死心映照着
千秋一寸心,折射出沿岸的

枫叶与青山,缭绕水雾里
烟白的屋宇。初夏纵然和
萧森残冬有别,我耳边犹自
鼓荡着你那句"生涯相汨没"。
对,汨罗的汨:飞腾的前辈搅动
江水,制造绮丽的余波无尽。

2019-6　湖南平江县杜甫墓祠

礼魂：观《屈原》音乐剧

凡人肃穆如斯：着华服，备
雅乐，奠桂酒，持馨甜之卉，
形貌美好者歌舞不息，翘首等
他们如云朵般朝高天聚拢。
面对来自人间的倾慕，楚神
静默不动情。被放逐的祭司
遂在沅湘间厘定娱神的新曲。
雍容的单相思，无望之爱，
以束束香草聊表世俗的微忱，
它们被专注的热泪浇灌——
正如观众投向舞台的目光，
将饰演者真正打造成了那个人，
饰演悲愤又饰演彷徨无地，
直到凡人新造了仪式，为纪念
沉水的祭司加入他们的队伍。
此时他的魂灵散发着芬芳，
犹如众神用那引以为傲的超然
接受凡人的礼敬，那魂灵
注入了一棵扎根南国的橘树。

2019-6　湖南汨罗市

韩国东海岸沿途随记
——此不分行诗献给友人、译者徐黎明

一

从青松郡出发,我们乘大巴沿东海岸北上。用当地特产苹果酿就的露酒,就这样在车厢的热闹中安静地散发着芬芳。在庆尚北道境内,盈德、蔚珍两郡的东边就是日本海了——是的,它的形状像头部游向西南方的一头巨鲸,古人曾经将它称作鲸川之海。因为雾的缘故,它并不蔚蓝,而呈现出一种蓝紫色。

二

在海边餐厅吃午饭,吃一种入口即化的食物,某种海鳝类的鱼。它给牙齿和口腔带来深重的踏空感,仿佛刚刚吞下的是一朵朵细小的云团。饭后,在海滩,目睹大海的体内安装了一台不安分的马达,即使没有风,海浪依然一排排地不停造访沙滩。此时,肠胃逐渐适应了云团的进击,海神正弹拨他的白色琴弦。

三

海西楼前有古槐、银杏、紫薇、木莲和竹林。楼后悬崖下流淌着五十川,楼内匾额上写道:海仙游戏之所。数百载前伴墨客冶游至此的名姬,即后来者笔下津津乐道的海仙。当年谙熟汉文、挥毫题咏的韩国诗人,如何挨过饥肠辘辘的时刻,没能将之写成"海鲜",激动地把这座木构楼阁重筑为他的口腹唇舌?

四

东海岸秃黄的田野,在公路和远山之间成片摊开。因为结冰,水渠已经停止了流动,一层层薄薄的积雪散落于收割后的黯淡中。暮晚将临,夕光收工前将它整日的做工,记录在了这些小片的纸张上。掺杂着兴奋与疲惫的旅行者们,就这样见证了一次日结工资的到账:白银为主,黄金为辅,见者有份,一视同仁。

2019-12 "第三届中韩诗人论坛"韩国旅次

郁达夫临江宅
——兼赠诗人蒋立波

到富阳来,这是第三次。于你的旧居
此番却只是重游。鹳山就在左近,我
当年登临过一回,自此眺(钓)得了
富春江上轻凝的雾气和浅漾的波纹。

到富阳来,首次是2014年的仲春,
第二次是2017年春寒料峭的时刻。
这次则赶上了秋日新凉,木樨香
充盈于这座临江的宅院,仿佛为上次
春寒中对我的闭门不纳做出了补偿。

百年如弹指。1915年,你虚龄二十
于东京,隔着太平洋,给远在家乡
富阳的业师寄赠了一首诗。你说
客居异国的日子犹如漂浮的云气,
纷乱而易散;人生如此不真实,
抓得牢的唯有富春江出产的鲥鱼,

它的美味在你的记忆里恒久保鲜。
相比之下,建筑与肉身则要易朽得多。
于是人们不断翻修你的旧宅,宅前

还树起了一座雕像——远游的魂魄
就此有了新的寄居处吗？你熟悉的
富春江畔，周遭的环境已然陌生。

那具铜铸的躯体比你在苏门答腊时
年轻很多，是你少年离家时的模样。
被游人赋予了些许温热，局部泛光，
它是否已能感知眼下的鲥鱼之鲜，
记起八十年前的身世飘零、山河破碎，
一百年前的性之压抑、生之苦闷？

它可曾惊讶于唐人辞章之丽，拆碎
七宝楼台作了些诗，但它们被抛在
另一个时空的富春江里，无从打捞？
而我记得你确实曾借他们的口说话：
岂有文章惊海内，唉，莫抛心力

做词人——此时你是杜子美和温飞卿。
犹如今天我借你之口来感慨万端：
可怜留著临江宅，嗯，异代应教
庾信居。如今我是应答你的李义山。

2020-9-30 富阳之行归来作于苏州

想象陈子昂
——为一次未成的射洪之行而作,兼赠胡亮

我想象自己能有这样一次旅行:
从上海或苏州,搭乘航班或高铁
到成都,再登上赴射洪的汽车。
相比细雨中骑驴,如今入川倒是
便捷了许多。但真正的造访
从未实现(一如真正的理解常常
沦落为谬托知音),障碍并非山川
阻隔,问题在于如何涉渡时间之河。
生死不过是其中涌现的浪花,
而河流的奔腾从未止歇。

不用到场都能想见,你真实生活
于此的真正痕迹早已所剩无多。
读书台,埋骨地,悲风屡起于
空山独坐。宝应元年的射洪美酒
冬酿春成,五十一岁的杜子美
曾在此极目伤神,长歌激烈。
正在此年岁末,他的俊友李太白
刚刚成为新鬼,他的前辈陈伯玉
已经故去多年,他的追随者们
尚未出生……他的耳边兴许依然

回荡着《登幽州台歌》的音调。

我的到访能为这个场景增添任何
有意味的瞬间吗？大概是再次
唐突古人？欧风美雨和声电光影，
数码复制与赛博废墟——之于你，
我们是枯树上长出的，被它们
所滋养起来的新枝，随时用来
制成斧柄，装上磨得锃亮的刃口，
将你的墓园和故乡周遭的树林
砍伐得干净、整齐，便于迎接
地产商的楼盘，旅游区的开发，
小布尔乔亚的搔首弄姿以及
网红的打卡。这些跟你的事业

毫不相关。你的事业曾经是
任侠使气，是折节读书，是高谈
王霸大略的慷慨陈词，是征伐
燕蓟时的投笔从戎。你的事业
还是泫然流涕，是乐善好施，是
闷闷不乐的居官，是归隐故园
采药养生的安度。你的事业甚至
包括续写《史记》，与君子为友，
与小人搏斗，可惜它们均中断于
命运奇特的安排，犹如千余年后
静穆的守墓人默然无声地殁去。

我想象着当年，有雨的暗夜，
有人窥探到了潮湿的县狱中
回荡着你在四十二岁时的喟叹。
你遭摧毁的肉身有明亮的蜕壳，
它被草率或郑重地掩埋。它变得
无关紧要。你从此得以寄身于
修竹或孤桐，成为箫笛、琴瑟，
演奏，种下声音的龙种。你
从来没有觉得自己能如此轻盈，
随着风就能飘荡到任何一处耳膜。

2020-11-30　苏州

漫山岛

四面环水的湖心有一小片
凸出的陆地。湖水湖风的抚摩,
让它造就了自己的腹与鳞,
以获得测绘师的眷顾。我们赁舟
登岸,暮色漫布码头、南山与北山,
漫布南北山间的平地以及坐落于
平地的小河、石桥、菜地与池塘。

更早前,矫健的天光肯定如此这般
漫过水边茂盛的芦苇丛,漫过
矗立于山顶的两座庙宇,漫过
还没来到此地的我们——如今它
金芒渐歇,红晕消散,洒落到太湖
浩渺的水面,迎接预约好的睡眠。

但湖水湖风中秋夜无尽,无尽闲谈
回荡于秋凉里的湖水湖风,湖水湖风
环绕秋心无尽的此时,环绕不成眠
而在冷风中倾听与沉默的痴人。
漫山岛周匝的湖水与湖风如此这般
鼓舞于江南秋夜——它静美如斯,
如不远处的稻束般虚心垂首,

而那谷穗的金黄色引燃了众人手中
持着的香烟上的点点星火。

那星火一直燃着，燃过了整个长夜，
直到天边的一颗颗晓星沉入曙色。
就在此时，湖水湖风带着腥气与
湿度，带着漫山积蓄起的草木气，
掠过这座小小的岛屿，掠过众人
匆忙的脚步。而天光矫健如斯，
马上就要重临秋日的一整个白昼。

2021-11-1

采风与座谈
——兼致诗人龚璇

新诗史上的海洋风景
常谈常新,如同船长与海员
好奇心的永远搏动。
花了几天时间,远来的
诗人们采好了整屋子的风,
学者与批评家在会议室里
忍不住把大部分风声都泄露了。
剩下的一小部分被封存,
用来酿酒,以供沉醉,享受
在江尾海头微醺的快乐。
微醺中有古老的山川地理
沧桑变动中的不变如斯,有
新鲜的时代热浪扑面冲来,
而你说不清脚步踉跄是由于
与它的相撞,还是因迅疾地
在江边兴奋地奔跑所致。
大家采集到的风是鼓胀的,
足够充满船帆;言谈则是
热闹而得体的,足够让那场
延续六百年的航行不寂寞。

2022-8　太仓

调一舸

百川归海处,百舸争流时:
浏河、长江、东海、太平洋
纷纷发来贺电,对太仓
致以亲切的慰问和隆重的
祝贺。太仓负责江河湖海的
会议总结发言,内容繁多,
余不一一。但对一位生活于
北京,从事戏曲创作与批评的
王姓当代作家而言,太仓
山川地形图上更重要的恐怕
并非水系、码头、城郭、老街,
而是一洲、一村,栖凤植梅的
好去处:凤洲和梅村(凤洲
乍听上去疑是君家物呢,而
梅村仿佛天然就该位于东吴)。
但时间海洋茫茫无从泅渡,
踵事增华的后人如何能靠近
那块小洲或那座村落?
在这件事上,百舸争流肯定
不如神游八极,在精神版图中
放船千里凌波去,一舸就够。
2022-8 太仓归来作

黎里访吴琼仙遗迹
——兼赠苏野、杜怀超、黄劲松同游

众绿纳窗里,湿烟浮远村。
——赵筠《雨后登写韵楼作》

江南冬月,黎里古镇在细雨中
获得了几分挣脱掌控的轻盈。
泊于河两岸的建筑忒修斯之船般
一艘艘沿街摆开——它们在古老的
石桥与青石板边上重铸了年轻。
廊街蜿蜒向前,用耐心悦纳
四个掉队的人。他们闲谈间
说起一位于两百多年前安静地
生活于此间的闺秀——吴琼仙。
顾炎武好友吴炎的后裔,黎里
名士徐达源之妻,随园老人
袁枚的诗弟子——她通常被
这几个著名男人定义,只有印在
五卷本《写韵楼诗集》里的诗篇
是她自己的。她活了三十六岁,
丈夫在她的身后又活了四十多年。
在廊街某处的路口,我们循着
岔出去的一条幽暗巷道找到了

她的旧居。建筑自然无复当年整齐
与堂皇,甚至不乏一丝颓败气息。
这是徐家老宅吗?还是新婚后
迁入的那所八进大宅的仅存部分?
写韵楼抑或新咏楼……的遗存?
细雨没有提供更多暗示,引我们
到此的那位当代诗人亦只提供了
关于此事的鳞爪。这里如今
依然是某户人家的私宅,但
诗人们不再拥有获邀登楼的荣幸。
昔日的宾朋如枯黄的落叶早已
融入空茫,眼前的湿烟只好苦等
来年或许能应期而来的众绿。
两百年了,没什么人记得
你具体的诗句,包括眼前几位
勉强可算的诗界同仁(近百年
诗体新旧有别俨然男女大防,
这可能是你们始料未及的)。
当然,还有我。我曾胡乱读过几首
你的同乡后生柳弃疾和陈去病的诗作,
我曾幻想徐达源如何老去,赵筠
如何因重访你们的旧居而泫然泪下。
我曾……哦不,我却,我却对
你的两个字号印象深刻:子佩、
珊珊。那端正庄严的声音既裹卷着
近古的风,又传来中古的一缕

悠长吟诵:时闻杂佩声珊珊。

2022-12-15 吴江黎里之行归来后作

辑三：嘉辰长短是参差

（系列短诗8首，小长诗3首）

路拿咖啡馆（谐律之一）

午后慵懒，拥揽进临隐的物候，
闭守林荫道，插入阴影的匕首。

那束光！隔着玻璃，带走初夏
出匣的阵雨，你所珍遇的薄礼

来自赐予的日常：食物或甜酒，
为你失误的词语，添就新脾气。

有人离开，披起椅背上的单衣，
你淡意转浓，又点了一杯热饮。

2015-6-10

提篮桥（谐律之二）

沥青路面，一年前的暮色再临，
你目涩心寒，为离情扰乱意念。

当时同行众人讨论着历史，为
深切的痛省：担荷囚徒的重任，

如同单核细胞，朝向人生炎症
验证免疫的生效。争执或面议，

直眺于野蛮的远境，如今笙箫
重奏，叶螨蚕食愿景中的枝条。

2015-4-29初稿，6月改定

出梅入夏（谐律之三）

历经整一春的渲染，美育初成。
梅雨的丽景，在江南泫然而动。

街中迤逦的行驶，终迎向破局，
高温接踵，已颇具剥复的义理：

波幅的形势，让理智备受摧残，
荔枝璀璨甜美，能消入市之苦？

请如实道出夏的玄机：泳课中
少女之裸裎，落成炫技的永渴。

2015-6-25

永定土楼(谐律之四)

何处结庐?众人集合在烟岚里;
建筑几何学,揭露峰峦的延揽。

食物煎煮灶台,事务精磨石阶,
城堡静默,倾心于呈报的欣喜。

忧郁的清新有余,信息却不足。
浅秋时节,如何掷出那枚铅球,

滑向丰盛之处?撑起风声的是
旧的楼群,在花香中啧啧称奇。

2015-9-15

桃花潭（谐律之五）

烟影轻衬桃花，惑于唇之妖冶。
碧潭掩映，为次第摇曳的春枝。

疾风吹轻尘，掀起避谈的机锋：
此地有活鱼万条，着一处闲棋。

省下睡眠，惊喜于俊友的博闻，
佐以水面波纹、对泾溪之晚眺，

更雇得新月朝西入眼帘，演练
欣悦之前因，牵引亘古的潮汐。

2016-5　因"两岸青年诗会"之由得与吴怀晨、洪崇德、谢予腾、琦云诸诗友相识于桃花潭，竟夜谈诗，乐而忘倦

译李商隐《北楼》诗(谐律之六)

灯膏附于芯区,有轻生之欲火。

景致无关痛痒,愉悦一律同样。
春暮静止的五官,腐朽而疑虑。

预约唇目享受:为拂袖的花枝
奉请徒然之酒,相守于这良夜!

抑郁突燃,如何扑救?异域的
风情,舞断的腰身或无端之蕊?

时雨撑出视域:纯画质的凉野。
登高,你怅触遥深,谱就新曲。

2016-6-6

沧浪亭(谐律之七)
——呈陈黎、李晖同游

雨何以解忧?月洞门七分荷意。
越冬经春,借由诗重逢于夏初。

山亭藏廊,善听远音援引礼遇。
质押沧浪气氛,能养几条鲤鱼?

愿邻池馆,如是驰观园林濡湿。
凿久必造就,崇奉精纯之瑕处。

在苏州,享用这素昼!极眺间
枝丫相拥复述往事,花木扶疏。

2016-6-9

苏州日常（谐律之八）

莳门平居，应奉闷为最高乐趣，
你拿出醉稿，勒取哪处的凭据

为真实生活正名？证明之圣火
燃烧的阵势，染少数寂寞容色。

舍减季末情绪，融涩味于舌尖，
你初尝无聊，烟雾缭绕于厨唱。

且慢！轻许切鳗鱼之刀的锋利，
预支风里的芒寒，做一条莽汉。

2017-1-9　姑苏莳门

春天的菲丽布

它们全都是指向未来的希望,
而且我们一生总是希望盈怀?
————苏格拉底问普罗塔库斯

一

时针指向数字七,你身体各部
渐次醒来。春光给出成批快乐,
召唤下一步,释放欢愉的行动。
知道新的一天要开始运转了,
你伸了伸懒腰,拧亮身体的
台灯:"要一个迥异的世界,
一种更好的生活。"而实际上
你无缘于远行,困在这春光中,
枯守着书页长出的思想嫩芽,
楼下咖啡馆的香气,或者远处
图书馆的幽深:光照了进去。

二

那光为幽深调试出一种神秘的
明暗相间的色调。灰尘浮动如

自然律令在就地进行热切讨论。
你翻动着书页,挑出段落的空隙
留下字迹:以旁白的方式介入
——选择一门关于选取的艺术,
生活的底细里就有幸福的底气?
你盯着窗外盛开的海棠,莫非
花瓣的均匀里藏着宇宙的限度,
这限度又孕育万物初始的原因?
它们陡然鲜亮,又逐步熄灭。

三

接着你迎来了光的盛年,宇宙
空阔。这是一天中最好的时辰,
属哲学的(而不是诗的)时辰。
树遭遇风,朝地面掷出了暗影,
其中的一种是法国梧桐;另一种
则是开败的日本樱,绿叶已攻占
曾经鲜艳的树顶。春甜迷人,
在街道制造出新的融化:人群
如冰淇淋般消隐于明亮的热气。
伟大的冒险是遭遇久违的平静,
在舔舐丰满的日光之蜜中眩晕。

四

清晨是枚精致纽扣，上午则更像
初洗的衣襟。午餐的汤匙折射出
未经擦拭的银光，生活的赘肉却
总是姗姗来迟于每个慵懒的午后。
除非锻炼，它无法完成自我消化，
即便是为此赔上一顿下午茶——
肉身的教训永不迟疑一如教诲。
你思忖着近来的快乐和沮丧，给
它们分类，像处理青春的尾货。
你拐过街角，望见咖啡馆的招牌，
边上杵着一棵香樟正在练习落叶。

五

夕光在路面铺开，树荫带来暗影，
而你则止步于一汪金黄的水洼。
沥青就这么占有着一小摊液体，
没有风下令，就安于隐匿波纹，
如深潭里的鱼类裹藏它们的鳞。
现在落日昏黄，伴随机动车声
在傍晚的真实中轰然开启。
那是属于旧的知识，直到入夜，
你甚至不需要去分辨这一切：
从发生到养成，那最高的，始终

给予出了他的参与,他的注视。

六

夜是讨论的混合,是生活额外的
赐赠。这无可奈何的春夜,
如之奈何的春夜,光变得浓稠,
奉献于永恒的胶着,对峙在散落
星团的笼罩下。那光储藏着一切。
你正思虑生活给出的难题,思虑
那永不可再得的过往,无法想象的
未来。良夜布满迷雾,不乏快慰,
但晦暗日子里你要耐得住光的缺席。
星辰遍布虚空,经营宇宙的分寸,
而生活往往偏离,见证它的颤动。

2015-3-30

诗日新

一

光景无边,递出劈头之问:
归去来兮,田园将芜胡适之?
休要说,天下风流半农民。
深饮默然滋味,长假周作人,
学习粗鲁迅疾,面对新难题。

黄皮肤如何开垦出满头金发?
安得广田千万亩,普天下诗人
不再都姓李。总欲凭舶远航,
海沫若蚀,倚郭开贞操,徐徐
玉诺,出洋途中写出新大陆志,
韦端己的浣花溪筑起了堤坝:

采其矫饰之能非时代的徽音;
面对情欲潮涌冯雪峰往静之,
壮志摩挲小脚,绍洵美且异。

二

大同小康洪章尺牍,文字网罗

寄一纸禁令来,如何自清独清?
缀珠湘帘外,几个田汉一片冰心,
鉴那力士参孙大雨倾盆暮色沈沈
从文弃武的词锋乃超琢卞之琳。

请尔曹葆华之际,待望舒云气
溅起缠绵的馨香……何其芳矣,
闻一多否?新月垂听密林庚辰。
如何夫宗岱,了未青鲁齐——
梁上所镌白华是枯死之旧枝;
陈梦家族逢至初春落已徐迟。

路逾万里,故国废名在燕郊之阿
垅上起胡风,绿原艾青青,朱英
诞于此,苏金伞罩向枝头留荣恩。

三

早知要屠岸上之人,勿奔星岛去。
战事正酣好比金克木:凋零梦苇,
摧折毓棠,鲁藜倒伏于枪林和弹雨。
曾卓越之青年,听鸥外鸥鸣向西
苦读,尝数杯甜酒,横一管辛笛。

南星照耀中国。仿令孺,佐良人,
操心只为王事?异域的老师带来

新乐器,穆穆旦夕间探查良筝音色。
九叶簌簌,正敏锐的听觉原可嘉,
又陈敬容于江南,种几丛吴兴华。

目眇眇兮正愁予,消受渡海之忱,
自哀歌里抽出那根哑弦。是商禽
还是洛夫?是殷朝栖树、东汉田垄,
庄周梦蝶窥见自己于花粉余光中?

2017-5 于新诗诞生届百年之际,作此诗致敬,兼呈诗人陈黎、蒋浩、杨小滨和臧棣

长沙的春日

一 人造时光机

从超级文和友出来,一群人依然沉浸在八十年代老长沙的市井氛围中。内嵌了视觉、味觉与嗅觉的海信广场是一个盲盒,体内分泌时间之甜,引诱你轻轻拆开它。在2021年的某个寻常春日,眼前的人造时光机配置一台以商业为燃料(它竟如此香浓)的马达,就轻易实现了当下与昔年的往来穿梭。

一穿梭,转眼回到三十几年前:这群人里,有的可能刚刚出生,有的已年届而立,有的还是俊美的少年或绰约的少女——如今人群中同样有这样的人,她的父母当时甚至要更年轻些,饱含青春的烦恼和新鲜的猎奇。啊,眼看往昔熟悉的街衢藏身于连锁的西洋镜,三十年如弹指

弹来网红的眼青,指向"唯有
旧日子带给我们幸福"①的唏嘘?

这艘时光机的机身是现代工业与
农业的造物(虽然它经常涂着
旅游业的彩漆)。河流硬朗,钢铁
温柔,机器轰鸣中为之伴舞的是
人工智能那旋转自如的小腰身;
至于遍植乡野的迷迭香,正与
辛夷、杜若和蘼芜等老资格一道
装点着头等舱。三十年算什么?
舱中恍惚一夕抵得两千载光阴迅疾:
沅芷湘兰,春松兮秋菊,长无绝。

二 想象的博物馆

文帝六年,鵩鸟入贾谊宅(如今
它已被修葺一新供人驻足围观)。
象征不祥的羽族使这位长沙王太傅
陷入了年寿难永的忧虑。他辅佐
吴氏长沙国的末代王,一如当年
长沙王的丞相軑侯利苍襄助了
王的几代祖先。善治国的书生
未必能杀伐决断、因功封侯,在

---

① 当代诗人柏桦的诗句,出自《唯有旧日子带给我们幸福》。

巫气氤氲的湘楚之地历练了几年
回朝，宣室内高坐的帝王向他
虚心询问起了关于鬼神的知识。

不用多久，贾谊自己也变作了
这种知识的一部分。作为汉初的
同时代人（或同时代的鬼魂），
可能的旧相识，他兴许有机会
应邀参观轪侯家地下的大排场。
如今我们又何其有幸，凭借
特殊的机缘拥有了这份待遇：
1972年，动用长沙的一整个春天，
马王堆一号墓终于重见天日。

著于帛画的车马仪仗生前享用过，
通往幽冥的途中有升仙的接引幡。
乘云绣、信期绣和长寿绣制成的
各种锦服罩上了素纱褝衣，就能
幼蝉般于烟霭中羽化出一对轻翼？
酒卮、耳杯、漆屏风和丝织帷幔，
不过是当时布下的日常精致筵席
遗存的幻景。君幸食、君幸酒，
从人间到天国，除了挨过最初的
漫长的昏暗旅途，更需要安排
侯门新的宴飨：丝竹不朽，俑偶
如生，兴许还能奏响这些乐器，

再献一场冠绝临湘的歌舞,以
声色之娱来取悦那尊贵的女主人。

她的不腐肉身是否远远呼应着
苍穹上某一颗闪烁的轸宿星辰?
而贾谊躯体已朽(九百多年后
从北界进入长沙的杜甫第一时间
想到了这桩凄恻的事实),却
总能在那些传写不绝的汉字中,
于每个春天,骄傲地复活一次。

三　暮年杜甫在长沙

显庆初年春,桐花与海棠已开,
潭州都督褚遂良为之赋诗一首。
父亲的友人欧阳询是长沙人氏,
遂良曾从他学书。一百余年后的
大历四年春,杜甫乘舟自乔口
入境,又泊在铜官渚避风。他
联想到与长沙有关的众多事物,
以及漫游生涯中那些难以割舍的
瞬间:夜酒暖春,渚濒汀树,
离长沙去衡阳投奔故交时的愁苦。

年老的诗人还在双枫浦停靠过,
叹嗟年华老去。而贾谊和褚遂良

那样的古人似乎永驻了青春。
两位千年仅见的人中之英留下了
精美绝伦的文章或书道，但他们
生活于此的痕迹又多么难以捕捉。
传世的名声令人神往，却不免弥漫
神秘的悲伤，如笼罩湘江的烟雾，
烟雾里飞来又杳然而去的一双白鹤。

从长沙到衡阳，随即又返回长沙，
好在如此奔波中还有零星的安慰：
旧识韦迢、李龟年，新知苏涣。
暂栖的江阁中对雨或煮酒论诗，
那是一座友谊的避风港，哪怕
大历五年很快就要来到他的面前。

可那又如何？后来者说："我知道
永逝降临，并不悲伤。"① 长沙或
成都，洞庭湖或激流岛，不过是
逢站必停的旅途风景，总来得及
看一次当季的落花，等清明时节
洁净的春光涤荡那艘破败的小船。
祖上阔过的老杜说不定还能在楚女
袅娜的身姿中窥见洛阳与长安。

---

① 当代诗人顾城的诗句，出自《墓床》。

四　镜像：蒋梦麟和燕卜荪

今夜在中国，让我来追念一个人。
　　——卞之琳译奥顿（W. H. Auden）诗

769年春，杜甫带着一家子流寓到
长沙。1937年秋，蒋梦麟、梅贻琦
与张伯苓也都来了——在炮火中
他们把一千多名大学生安顿于此。
韭菜园、陆军营房、岳麓山与远在
衡阳的南岳圣经学院临时拼凑起了
一具长沙临时大学的肉身。是的，

眼前状况虽说临时，战争总要结束，
但秋季的开学不容耽误。它的使命
履行了三月有余：校本部在韭菜园，
理工学院在岳麓山下，文学院则在
南岳美丽的晚秋里牵挂着长沙城。
秋去冬来，又分三路跋涉到昆明，
西南联合大学则是它获得的新名字。

多年以后，写《西潮》的蒋校长
对长沙仍然难以忘怀："湘江里
最多的是鱼、虾、鳝、鳗和甲鱼，

省内所产橘子和柿子鲜红艳丽。"①他说长沙的豆腐贫富咸宜,洁白匀净,如浓缩的牛奶。他还说,要论缺点也是有的……楚天长短黄昏雨,湿气有些重,宋玉纵然清朗如朝阳,亦忍不住为此犯愁。

从长沙的春日到南岳之秋,杜子美南下,走向他的晚辈同行燕卜荪。驾着大历年间被春光洗净的小船,乘坐二十世纪跨西伯利亚的列车,从洛阳(伦敦)、成都(哈尔滨)到奉节(北平),又赴长沙,往衡阳,走了千余年、几万里,卑湿的此地最终俘虏了高傲的大校长与诗人。

而燕卜荪,来自英格兰的威廉老师那年三十有余,"像一个幽灵一样来到了中国"②,置身衡山湘水间并不感到恓惶,"同北平来的流亡大学在一起"③甚至让他很兴奋。即使"湖南厨子煮米饭硬得粒粒可数,

---

① 出自蒋梦麟自传性作品《西潮》的第二十八章《战时的长沙》。
② 该说法出自 John Haffenden, William Empson Among Mandarines, p.437, Oxford University Press, 2005.
③ 这句话是燕卜荪长诗《南岳之秋》的标题说明。

难以吞咽"①,南岳山秘(蜜)境
毕竟战胜了无处不在的湖南辣椒。

不修边幅的教授讲莎翁和玄学派,
又为临大文学院的学生们宣讲了
诗的舶来真理:"诗人应该写那些
真正使他烦恼的事,烦恼得几乎
叫他发疯。"②(果真是"舶"来的
吗?难怪杜甫船舱里陈列的净是
那样的东西。)为纪念这段岁月,他
写下了长达234行的《南岳之秋》,
表达了当初的愉悦:"那时候我有
极好的友伴。"③他自异域携来的诗
的种子,则在西南沃土培育的花圃里
嫁接出了好几种超乎寻常的品类。

五 李商隐的踌躇

大中元年春,你三十七,随郑亚
从长安去了桂林,给他当幕僚。

---

① 该说法出自柳无忌1987年于美国做的回忆文章《南岳山中的临大文学院》。
② 出自伊恩·汉弥尔登编《现代诗人》内的《威廉·燕卜荪同克里斯多弗·里克斯的谈话》,王佐良译。
③ 出自诗人、译者、燕卜荪的学生王佐良对《南岳之秋》的第一条译注。

你第一次①路过长沙（当时它名为
潭州），领略到湘楚大地不竭的
云雨，犹如体内未曾消散的激情：
楚人辞赋中的场景此番已在目前。

2021年春，我三十四岁，随一群
诗人、艺术家及媒体人去往望城区。
在石渚湖畔的铜官窑遗址博物馆内，
目睹了无数件精美绝伦的古瓷器，
以及带有纪年铭文的残片或封泥：
元和三年、大中元年、大中二年。

它们是时光机的驾驶舱内装置的
通往对应年份的按钮吗？揿一下，
我就能出现在白居易或你的身旁，
向你们展示我刚刚用手机拍下的
几枝开得正好的红山茶或日本晚樱？

大中二年，那是你北归途中再度

---

① 关于李商隐湘（乡）之游的时间，自清代起，学界向有不同说法。冯浩"从篇什中参悟得之"，认为李商隐在比大中年间更早的开成五年（840）即有江乡之游，清末张采田《玉谿生年谱会笺》即从其说。近人岑仲勉曾在《玉谿生年谱会笺平质》及《唐史余沈》中力辩其非，然以冯、张之说为是者，今依然不在少数。此为李商隐研究史上一大公案。当代学者、李商隐研究大家刘学锴赞同岑说，并多次撰文辨正冯、张考证之误，以李商隐大中元年春赴桂管观察使幕府任职，途经潭州时为涉足长沙之始。另，刘学锴、余恕诚《李商隐诗歌集解》将《潭州》诗系于大中二年，以之为自桂林返长安途中经长沙，短暂滞留于其座师湖南观察使李回幕府时之作。年载悠邈，歧见纷纭，事实如何，究竟难知，聊用岑、刘之说，还原或虚构出一个可能曾存于此世界中之场景。

来到长沙的年份。春已临终,你
盘桓于座师李回的幕府,急于吐露
过去一年里在桂林的神奇经历吗?
比如西南地区令你感到新鲜的习俗
是风土诗的好材料,比如本年初
你代理昭平郡守的职务一月有余;
你还给郑亚代笔了几篇重要文章,
包括给前宰相李德裕的文集作的序。

这一回在长沙,你去了不少地方。
端详丛生的湘竹与蕙兰,联想到
神女的昔年暗泣和楚人魅惑的歌谣。
你拜谒破败的贾谊庙,又在雨中
伫立于湘江畔无人问津的寒冷河滩。
你想起莫测的归途,人心的阻隔,
不能被理解与不愿被接纳的悲哀。
你的同情心与正义感总是不合时宜:

刘蕡是你的朋友,令狐绹就是你的
敌人吗?郑亚和李回是你的朋友,
白居易和杜牧就是你的敌人吗?大中
二年夏是你的朋友,大中元年春就是
你的敌人吗?婚礼上的那盏芳醑并非
关键,你只想跟上述人等都喝一杯
友谊的松花酿。长沙居停的旬月,是
你做出抉择前与自己的短暂的温存。

六　湘月,或东岸霓虹

幸好那份温存封存在湘江和洞庭湖,
千重寒浪里木兰舟泊于侵晓的渡头。
而沿江或环湖的葭苇成片,这风景
不比缠满薜荔与女萝的岳麓山逊色。
三百余年后,淳熙十三年,江西人
姜夔流寓长沙已有一些日子,他
笔下几句自况的诗同样适宜形容
李商隐的湖湘之游:"南去北来
何事,荡湘云楚水,目极伤心。"①

但伤心只是旧时合肥月,如今这轮
湘月(不就是他与友人泛舟湘江时
为那支自度曲新制的词牌名吗?)
却是要怜取的眼前人——在长沙
做了一位名士的侄女婿,她的嫁衣
是否鲜艳如那早春的潭州红②,总是
不安分地撞入诗人的腕底和笔尖?
从正月到初秋,那夜的花萼被湘灵
取作茜裙,她长裾飘飞、烟鬟雾鬓,
理丝弦向东弹奏相思曲。三春幽事

---

① 出自姜夔词作《一萼红》,为作者1186年早春客居长沙游岳麓山之作。
② 红梅的一个品种,其种植始盛于南宋。"潭州红"之说,出自与姜夔同时之诗人范成大的《梅谱》:"红梅标格是梅,而繁密则如杏。其种来自闽、湘,有'福州红''潭州红''邵武红'等号。"

兀自亮在了烟月交映的波心。

那是暗中的一点晶莹,不比我们
从橘子洲登船时遭遇的那种明亮。
仲春时节的江风并不冷——尽管
不少女士脖子上都围着织锦的丝巾;
船舱与甲板上的几丝喧闹令人安心。
西岸的岳麓山还有几分矜持;东岸
闪耀着霓虹灯,遍布现代性的暗夜。
没有什么时候比此刻感受得更清晰:
头顶的那轮湘月,暂时性失色于
二十一世纪披覆高楼的人造光明。

七 长沙呦,再见

1186年,福建人萧德藻在长沙做官,
把侄女嫁给姜夔。1955年,福建人
彭燕郊下放到长沙某家街道工厂。
三十多年的劳动没有让他忘记自己
是一名诗人。飓风刮过来,刮过去,
诗与译的林苑里,那些乔木虽不免
临风而躬身,但迅即又挺立如初。
混沌初开的初:太空时代想象力,
老树枝头的新花——绽放在长沙。

如此绽放的,当然还有本地居民:

彼何人斯，长沙少年偏要入川，惑于
它衬着灯芯绒的"姣美的式样"①？
偏要远行，去德国的特里尔和图宾根
酿制万古愁；偏要写那梦雨的楚王，
写临风骋望的楚神。2004年在纽约
脆的薄荷味中的张枣"突然想起
长沙的一条飘飘的红领巾"②，想起
湘江水面迭起如歌的旋涡、弥漫于
八百里洞庭的浩大烟波。2010年春，
他做了从善如流的死者，魂归故乡，
葬于长沙城南。他是否会与那些
千余年来到访长沙的所有诗人认个亲？

作为过客，他们终要陆续离开长沙，
散落到世界的每一个角落。他们
涉足了天心阁、白沙泉、洋湖湿地，
目击过工业的铁臂和农业的试验田，
登上橘子洲又离开："那横在湘水中的
一只长艇"③迎送不休，靠岸总是
暂时的——像极了日后为文夕大火
与张治中发生争执的郭开贞。他
笔下的长沙晴多雨少，凉薯香甜，

---

① 出自张枣的诗《灯芯绒幸福的舞蹈》："不像她的面目，衬着灯芯绒／我直看她姣美的式样，待到／天凉，第一声叶落，我对／近身的人士说：'秀色可餐。'"
② 出自张枣2004年创作的诗《湘君》。
③ 出自郭沫若作于1938年早春的《长沙呦，再见！》。

和蒋梦麟得出的印象并不一样。他替我们揿下了时光机的一键回程,替我们道别和祝福:长沙呦,再见!

2021-4-17完稿于苏州,2021-5-6修订

辑四：九枝灯（系列诗16首）

曹丕：建安鬼录

诗人们青春死去，
但韵律护住了他们的躯体。
　　——洛厄尔《渔网》

权力的安慰局促而有限，青春的
不满足，夭折于暮年远未到来之时。
嫩芽楔入树干，吞吐出去年
衰败冰雪的余温，翻译成新的话语。

我未曾真正接近过早春的核，
对远道而来之物，也缺乏揣度和安顿。
信的格式、礼节性问候及鲜亮的汉字，
都陷入真正的忧郁，被晦暗包围——
在死亡接踵而至的建安年。

回忆是一场危险而自欺的欢愉，
更何况，有人贸然预支了白发的生长期。
诗人的蜡烛不是被春夜燃尽，
就是为丰茂的绿风所吹灭；
远游的计划时常推迟，已有过的，
在阵阵驴叫中被重新拼凑完整。

签署友情契约的手一只只凉了下去,
把笔通信的存者,仅能消费过时的墨水。
描述念旧之情倒显得过于轻巧了——
距离的痕迹一旦被烙下。
那么,我们回到共同的宴会上来?
登楼,饮酒,相思,怀念憔悴的月亮。

在书信中,一切将迈入不朽的虚无,
好在诗已写就。穷尽了这排韵脚,
那些姓名还舍不得从舌头上擦除。

2012-3-15 读《与吴质书》后作,兼悼诗人辛酉

阮籍:酒的毒性

> 出于一贯的嗜好,我们不能容忍戒酒,
> 公开宣布与安全可靠的趣味为敌。
> ——帕斯捷尔纳克《盛宴》

我曾想象到这酿造的水里畅游,星光
打碎在沿岸,能露出呼吸夜色的头颅
可真好。从咏怀诗的章节中抽出两首
辛辣的款式,气息在周围弥散开来,
但不必去谈论:响彻夏夜的那声呼哨,
小酒馆温柔的对待——

手势颤抖,沾满液体的罂粟,隔壁的
美人则是另外一朵盛开的痴迷。关于
这些事物的毒,我们是知道的,我们
要借此祛除情感的伤寒和青春的热病,
"畅饮正在悲恸的诗节潮湿的痛苦"。

秩序,这被渴望又要打碎的,用来
安放易朽的肉体,镇压胃和血的暴动?
飞起来,飞到没有拘束的时空里去做
一场白日梦——炼金术是彼岸的薄冰,
酒则裹挟着呓语,冲垮了信仰的堤坝。

那一年,有人刚跟世界作最后的道别,
成都,这个三世纪的王国首府黯然地
卸下了最后的心理防线。我们也在此
被缴械,到诗的功过簿上签下了名字。

如今我也能喝一点了,旁观的味觉
终于意识到它应有的使命。是否该
感谢这份独特的赠予呢?在平庸年代,
风暴集结于酒杯中作最热烈的泅渡。

2013-7 时游成都,为嗜饮的友人徐钺和安德而作

庾信：春人恒聚

> 当我倦于赞颂晨曦和日落，
> 请不要把我列入不朽者的行列。
> ——庞德《希腊隽语》

兰成……这华美的表字带给后人的，
除了传奇故事，还有历史的共振？
奇妙的标识，笼罩的命运，伸
出去的手，急促的喘息和乱局。
公元548年，铁制面具的寒意让诗
蒙上了一层薄霜，心智的溃败比之
一千四百年后同名号者的出奔又如何？

回到温暖的南方去！那里有十五岁
最初的绮宴，铺陈完美，刚露出一角
绸缎细密的织纹。而岁月晏安，适宜
采摘林中野蕈，挑破枝头嫩红的新鲜，
游春的人来回拾取聚会后留存的喧闹。
诗人只用了几个精巧的对仗，王朝的
偏安便陡然获得了无数赞美的丰赡。

然而我们目睹过你的逃亡，它带着
柔弱而细腻的宫体嗓音在呼救。灯影

细微的摆动，足够清扫挫败感仅有的残渣——天分是迟来的礼物，无补于修复时局，但可以给六朝以一个理由，来赎回文学的橘树，在北方的铜镜中留下摇曳的虚像，孕诞出绵长的甜味。

是的，你深谙日升月恒的规则，屈服于这永恒之力，直到苍老降临，诗的近视居然得到了意外的治愈。我们该重提晚辈们奉上的恭维吗？不朽者厌倦了时间的反复无常，歌舞能唤回十五岁或二十五岁颤抖的青春吗？而游园与赏秋作为传统剧目，将被无限期共享和保留。

2013-8　呈诗人柏桦

孟浩然：山与白夜

毕达哥拉斯勤奋的弟子们知道：
星辰与人都一遍遍往复循环。
——博尔赫斯《循环的夜》

茶叶刚伸直身体，杯口冒出的热气
已朝桌子散布了消息。关于来路
和归宿，时间深河冲起历史的钓竿，
甩给我们一个咬住鱼钩的好机会。

午后，烦闷干渴的光线笼罩着人类，
而那一年，峰顶的树影盖过了缓坡，
盖过所有的昼与黑夜。这次相遇又
导入同一个话题，瞭望了诗的远景，
如当年隔着春雾仰眺城外的山那样。

不过是离天空近了些，这唐朝人就
陡然生出那许多的感慨：看时序的
轮替和事物的生灭，总要隔些年月
才显得更清晰。这样的循环里，我们
要共同以"青年才俊"的面貌，作
语言的争胜——与萧悫、王融、何逊，

甚至我们的后辈。在某处，古老的
法则和修辞以另一种形式意外归来。
隐藏自己是一场更深的误会。诗的
棋盘上没有任何一颗闲子，青绿山水
又怎能在纸面露出洞悉奥秘的微笑？

我们嚼甘蔗细的那头（前提是剥开
汉语的紫色深衣），并不甜美的汁水
溅满整个房间——它带来一抹浅亮，
瞬间使我们拥有了一个白昼般的夜。

2013-8　自川返沪后作，呈诗人哑石

李贺:暗夜歌唇

> 在夜里枫树叶子像磷一样闪烁,
> 雨水打湿了暗处歌手的嘴唇。
> ——扎加耶夫斯基《没有童年》

烟焰消歇,并不全因雨水的笼罩。
你目睹沿路灯盏渐次熄灭,又泛起
磷火的冷光,在诗之郊野,词的
密林——它们飘扬如琐碎的秋尘。

这是驴背生涯最好的景致,旅人
在长夜里获得的更为私密的温存。
何况此处的全部还能为想象所滋养,
属于另一个世界,允许梦的遴选。

周身岚雾扫在陈旧的行囊上,打湿
写满新作的纸张。你想起以前
饮过的烈酒,佐酒的歌姬,嗓子
和嘴唇,嗓子与嘴唇之间的脖颈——
那一抹亮白,辉映着积年的寡欢。
现在,这些都如雨一般倾泻于此。

暗处众树列布,藏着哼唱谣曲的

山鬼、木魅或美艳死魂灵，不同于
那未曾听闻、来自异域的海妖：你
心志坚实，无惧于她们声音的迷惑，
而选择将世俗给予的敌意视为畏途。

但这路终究要走下去，穷尽一世
微弱的可能性，并在对各种音乐的
聆听中分辨出快乐的丝弦，聊度
这突如其来的今生。直到对人间的
眷恋，汇聚起所有的虚构之物。

2014年秋，读扎加耶夫斯基、李贺、李商隐的诗而作

罗隐：秾华辜负

寻找你灵魂的影子,从她学会
按新的尺度安顿我的激情。
　　——塞尔努达《致未来的诗人》

故园无非是个熟悉的地址,你默认,
朝它投递的书信都必然会有回音。
热眼在冷遇中朝世界睁开,你沮丧,
尤其是在末世。又一个纷乱早春。

江风吹拂花萼。它们醉心于病弱,
无法胜任节候信使之角色的差使。
流水在远处平铺于沙哑的河床,
酝酿起伏波涛,如你的讽刺术。
我们几个在富春江边眺望了一会,
那样就能和你发生点联系,以
后死者的谦卑,后来人的傲慢?

你领受最古老的教诲:道因无情
而取胜,它柔软如岸边低垂的柳条,
胜过多少花朵,挥霍带露的鲜艳
而不自知。花萼和花萼的阴影,
谙于制造气味的深渊,新的反叛。

帝国版图遍布野心家,都是功名
门径,但你依然过不好这一生。

太平匡济的一揽子计划,远不如
民间为你编排的全套传奇脚本那般
来得有趣。从此安心做一个配角吧,
"俱是不如人",他们却相信失败者
随口说出的谶言:在乏味的今日,
唯有诗,提前将激情抛到了远处。

2014年春初稿,时应诗人蒋立波邀作富春江上游

刘过：雨的接纳

雨在唇间洒落，很久以前，
雨就扑向烤焦了阴影的石头。
————安德拉德《阴影的重量》

四月是树枝缝隙投到地上的光斑在
闪烁，借着风。午后造访有琼花的
体香相伴，酣眠在这里的诗人要
沉醉得醒过来吗？我们记得他诗中
美人的指甲和脚踝的甘甜，记得他

说"春事能几许？"————仿佛朝着
人群耸了耸肩。十月，我们又一次
迟到，隔着漫长的热季，雨披和伞，
外来者陌生的叩问，诗持续的邀请。

要用到古老的方言，修缮后的新址，
这一趟，嗓音迅速挂到沙哑的挡位。
酒则负责磨损健康和抱负，让世界
在阒寂中减速，而大雨洗净了园林
入口的门框，这票据的监视，诗的

边角料。"一枕眠秋雨"，不用担心

被打湿，床铺和被褥都能得到烘烤：
失意者内心捂着欲望的火苗，连酒杯
都浇不灭。友情呢？它兴许会递过来
半截助燃的枯木，一个远行的由头，

然后是简易行囊和分开水面的船只。
雨继续滴落，隔着时空开新的酒局，
这是自然在用自己的方式向诗致敬？
行程单收纳在枕套内，复制了你的：
寻一方好山水，躲开那命运的追杀。

2013-4作，深秋改定。是年数访诗人丁成于昆山，因兹机缘得以两谒玉峰山麓南宋词人刘过墓，作此赠之

叶小鸾:汾湖午梦

你把爱情的红玫瑰,
置于我清白的子宫。
——索德格朗《冷却的白昼》

盛夏盘踞在途,终结了花粉的暮年,
余下的葳蕤,却教人袭用草木柔弱的名字,
以驱赶初踏陌生之地的隐秘惊惶。
我的双眼,被如今的屋舍灼伤,
而女性永恒,不理会时序变迁的烟幕。

仆倒的字碑如何测试肉身腐朽的限度,
墓志铭,这未曾谋面的忧郁情人?
用午梦和疏香换取传奇,那个早慧者
逃过了婚姻、衰老和文学的束缚,
躲在暗处,贴上死神阴晴不定的嘴唇。

它被装扮得如此鲜艳和娇嫩,及时地
吐出诱惑的果核,留下才华的残骸,
它种植各种猜测、无知和偏见混杂的幼苗:
死亡的自留地上,要丰盈地收获,
首先必须削减枝叶,留下漫长的虚无。

作为供奉,请用另外的形式享用青春。
灵魂蝉蜕使容颜不复衰败,逃离尘世的人
依旧在长的躯体,撑破小小的棺木,
一年数寸,如那株蜡梅树轻盈的肉身。

在目睹了人世存在的仓皇和潦草之后,
如何才能留开这么一片小小的废墟,
供远足人见证本不存在的哀悼?
这些举动如此黯淡:捡拾旧物,带走泥土,
瓦片上的新鲜苔藓,我们的闪烁言辞。

2010-7初稿,2012-3定稿。时访同里古镇,至吴江叶氏午梦堂遗址,见明代女诗人叶小鸾手植蜡梅而作,兼呈同游的诗人苏野

钱谦益：虞山旧悔

> 码放好这些词语，
> 在你的心灵变得像岩石之前。
> ——斯奈德《砌石》

枉称国手，救不活这乱世枯棋。
现在你老了，在外祖旧日的庄园，
就着那棵开出花朵的红豆树，
忏悔平生的恨事：党祸，罢归，
丁丑之狱，甲申之变，乙酉失节，
楸枰三局里人心的澌灭……

帝国南端的海岛却让你老怀
安慰：一座是园中红豆树的来处，
另一座是大明最后的归宿。
更不必说身旁风姿仍在的美人，
多少年了，衰老的心脏依旧
怦然于那年冬天半野堂的初逢。

接着是我闻室之春，芙蓉舫中
催妆的满船瓦砾，绛云楼之火，
以及白茆镇芙蓉村间苏醒的春神。
最后，你来到拂水岩下，将

毕生的诗，书写到苔藓和石缝，
我则在墓旁瞥见一枝孤零之萼。

遗民？这冠冕属于你的不少友人，
而不是你。一湖的冷水至今还在，
王朝已更替了几轮——这件事
堪称最好的幽默，你诗的技艺中
绝佳的点缀。二十年过去，历史
为灵魂安排了暖春，让你安心

与世界道别。三百多年也这么
过来了，山水已懂得与时俱进，
没有什么主人，只在乎资本的
诚意。我失落于虞山的夕照，
失落于不可再得的历史瞬间的
每一个决定。我，邀请你见证。

2013年春游虞山，于西南麓拂水岩下见钱谦益、柳如是二墓比邻。2015年夏忆虞山旧游而作，兼呈常熟诗友

沈复：浮槎遗事

谁看见水的花朵那要命的宏大之数，
在水的地板上移动？
——史蒂文斯《充满云的海面》

临海的山是大陆伸出的手指，它一旦
用造化的臂力抓回浅滩，我们就要
彼此成为孤独的岛屿。何况诗的失忆
至多算是惭愧的疗救，从这里的出走
只接近过梦幻余生那焦躁的边缘——

最艰难的一步是从疲惫中醒来，哀愁
成为命数的燃料，而你所记录的浮生，
并不见得比航海日志更接近天地本然。
一艘海船如今稳稳地泊在全面失守的
中年，远方的景色比起室内、园中或
旅途的风尘，被赋予了更高的乐趣。

散文决定了航向。随着十九世纪远去，
它们差点湮没于集市的冷摊，而作者
出海前正遭遇着来自日常生活的风暴；
另一些丢失的手札上据说还存有墨色
正在枯萎，证明你曾涉足偏远的海国，

并研习过养生术以便适应未来的生活。

有人将这样的历险视为闲情,似乎
远比从山腰朝南方海域眺望要安全。

新的危机是来自同代人的艳羡,他们
失陷于激动人心的客套与虚伪的表情。
果肉吞着核,水饺藏着馅,宴会的细节
能再次包裹我们的脆弱,使海边轻声
交谈的人只醉心于你隐约透露的逸闻。

2013-11秋凉中作。重阅沈复《浮生六记》,以出海、养生
二记佚文公案衍成此篇,并忆与梦亦非等至深圳西涌观海事,
兼致同游

夏街:雨中言

> 被夏日众神浸在日落之中,
> 他们制造着紧张的颤抖。
> ——罗伯特·哈斯《嘴微微张开》

这趋近正午的时辰,离黄昏还有
大半天的光景。一场阵雨让云朵
带来昏暗(那遮罩万有的阴影),
带来道路转角处巴士发动的声响。

在通向地狱的屋顶看世上繁花?
在这样一个夏天想念春雨的滋味?
俳句之轻,汉诗的节候,你试着
用第三种文字制造言辞的飞地,
谈论词语的婉转承欢,无论它们
来自小林一茶,还是杜甫、陶潜。

闹市九曲桥是一条盘卧水面的龙,
力量则隐藏于那低垂的柳枝,你
震惊于它们的漫长历史。实际上,
作为城市,这里远比你的国家年轻。
渐渐冷却的咖啡,喝到一半,我们
寒暄,并不使用旧式的中国礼节。

又一个问题抛出。你的嘴微微张开，将身躯从沙发靠背挪起，准备回应；你的妻子对此也有话要说，作为你出色的同行，她的敏捷并不因身在

汉语疆域而有所逊色。你挪回靠背，报以绅士的微笑——诗自有其职责，或最高乐趣：为日常之神所诱，在骤至的夏雨中对它进行默然的推敲？

2014年盛夏初稿。与访问中国的诗人罗伯特·哈斯夫妇于二人所下榻之华亭宾馆作一夕之谈。彼时，上海的街道浸没在夏雨之中，雨滴敲打着玻璃幕墙带来嘈杂的声音，酒店大堂则遍布喷泉的喧闹

轮渡：指南录

> 指南针微妙于真相有深有浅，
> 再给风景一点时间。
> ——臧棣《万象丛书》

码头收纳渡船抛出的水花，我的
耳膜，又一次爱上汽笛发声的振幅。
地毯的红被淋湿，而天空的灰呢？
闪亮的蓝和混浊的黄合谋演了一场
好戏。语言是这个夏天的透明雨衣，
乐趣打捞起偏见，成了伞下
为灵感所来回运输的迷人胴体。

艺术则是给灵感撰写的一份指南，
艺术还是研究如何在江心放置
一枚被距离吊足了胃口的鱼钩。
顺着雨线，我看到浮标在动，
配合来自船舱的声音，它正朝
甲板上的观赏者做有限的暗示。

江的对面正呼吁着晴天的来临，
此岸则早已将摆渡的劳苦
当成了在期待之中的理想餐食。

还需要什么指南？汉语的外貌
印上了灯箱，而诗升起了旗帜。
真正的问题是：在夏季的暴雨中，
升旗是一门比诗还复杂的艺术。

降水最终垂直砸入江面的波涛起伏。
从地毯到云朵，诗就是被横放的
同一张梯子，早就为大自然所允诺
被随意使用，却受限于方向的教育。

2014-8-23作于沪上。为2014年"外滩艺术计划"之"臧棣号"诗轮渡启航仪式而作。时值酷夏，暴雨倾盆，升于黄浦江上船头之诗帜亦为水所湿

蜂巢：深夜谈

你在我的灵魂中嗡嗡，陶醉于蜜，
你的飞行迂回在烟雾缓慢的螺旋里。
——聂鲁达《白色的蜂》

远处传来海浪的喧响，要很静
才能听得到。阳台，星光带着湿，
群山耸起天边月色，而室内的
寄居蜂，并没有探出红棕的羽翼。
相比头和腰上绚丽的黄色斑纹，
那外形丑陋的泥团是你的蜜巢？

衔回土块，加入唾液，悄悄贴向
这面雪白的墙壁，并不打搅主人。
而我们发出声，夹杂好奇和冒昧，
洋溢询问的激情，为夜深时分，
诗之奥义的试探、对答与验证；
为远来的不眠，作歉意的表示。

对着蜂巢点起烟卷，烟雾缓慢
散开于可能的飞行。我们再一次
回到阳台，继续谈论筑巢的技术。
看，泥壶蜂，精巧的陶艺师，

用探入甜味的长喙，运来泥巴，
以工匠之手，塑出最初的陶器：
这制作的乐趣比之采蜜又如何？

这蜜我们也采：自呛人的烟雾，
用敲击键盘的手，从词的瓣萼，
探向修辞和思想的花柱、花心。
我们并不知道蜂巢何时能筑成，
只有藏好刺针，等待最后一刻。

2014-9-21初稿。时与众友至深圳葵涌洞背村，探访自香港移居于此的黄灿然。诗人所居位于五楼，背山面海，避世最宜。其客厅兼作书房，阳台门侧墙面，粘有泥壶蜂之巢。是日借宿黄宅，深夜请益，对座谈诗，即在蜂巢之侧。因以诗纪之，兼呈厄土

洞背：村居记

> 手艺朝向空无。一肚子怨曲，
> 是火在七月的客居频繁出现。
> ——孙文波《朝向空无》

结庐在岭南。我们驱车上山，
进村，走到小洋楼的顶层打望：
那边是海湾的一角，这边则是
从山腰的碧绿里伸出的道路——
我们从那儿来，沿途遇见你
零星的芳邻，邮差，漂亮的狗，
遇见整个村子辽阔的寂静。

好的村居生活并不精致，它放任
粗野的登堂入室。风带着咸味。
劳作就是躬身于日常，躬身于
天然之赐予，制造贫乏的丰富。
我们再次谈起了诗，无用的手艺，
除了这个，还能谈些什么呢？

露天庭院的牌局，你的犹豫？
写周遭的南方草木，山海之间
日复一日悠远的滋长和消磨。

写晨昏变幻，在清炖萝卜汤中
撒葱花的技巧，语言的火候。
这微末事业，远比出牌单纯：

不用担心手里攥着的好牌溜掉，
你我的掌间，只有虚无的烟雾。
那烟雾，不只源于吸起的火花，
不只缭绕在篱边的朱槿丛边，
还是披覆于此旋又熄灭的残照。

2014-9初稿。再访居于深圳葵涌洞背村的诗人孙文波。少年时尝读《孙文波的诗》；弱冠之岁，又蒙其签赐《诗合集》一册。而后面晤于沪上，遂得相识。五六年内，于诗之事，屡蒙青目，常加提携，深感于心，聊借此诗以志

城堡：犬山行

蜜橘如宇宙，
自内部成熟。
——竹内新《月光之二》

鸬鹚昂起脖颈，叼来新捕获的鱼，
这一幕刻上桥栏，闪着金属的光。
诗见证我们相逢：在光的近处，
是木曾川碧蓝的河面，缓行之流
汇入浓尾平原，渐抵脚下的河床。

旅途幽深。我们上犬山，拂开
一路碍着行走的树枝，新的诱惑
升到最高处，改写事物的形状。
脱鞋，登上天守阁，双脚踩向
微凉的地板，被吸入时间暗盒，
直到木窗打开，连起山下街区
成片的屋顶，秋景具体的丰盛。

丰盛中有诗召唤：屏风，雕梁，
磨平的石块，褪去水分的木材，
建筑的修辞术，总给人以教诲；
那关于取舍的技艺，从未过时，

亲手塑形的辛劳，也不曾中断，
真正的问题是如何偷师于无形。

透过镜头，站于檐角下的长廊，
被快门捕获，完成迟到的练习：
合影，就是再一次面向他者及
此间山水，交付出无限的信任，
异国之秋早已熟识、终得亲近的
蜜橘、石蒜花和酒里之忍冬。

2014-11-28作于名古屋Nogoya Crown酒店。是日，趋访翻译家竹内新、谷川毅两先生。两先生遇我甚厚，携我至木曾川畔犬山城天守阁。犬山城为日本战国间遗迹，江户时代，儒学家荻生徂徕曾据李白《早发白帝城》诗，将该城堡取名为白帝城

炉端：酒后作

> 光倾泻而下，水满溢不止，
> 万物皆呼吸细碎的影子。
> ——高桥睦郎《风景》

烈焰以虚无锻打粗瓷，有雨水
滴落在酒杯边沿。地震细微，
良夜轻颤，瞬间点燃起酒馆中
那只并不存在的、想象的火炉。

让我们暂时拥有阁楼和餐桌？
食物静默，语言无知，夜风在
舔舐着自己的嘴唇。窗子外面，
冬天正练习着如何选择白昼，
卸下时间加诸其上的刑具——

四季有不竭的激情，并消化秘密，
旧物则蒙上了遥远的灰尘。何况
诗人的歌喉已绽开在盛宴的最初，
配合雨水，朝向对不朽的交付。

炉边就是云上，云上就是雨里，
雨里酝酿着接下来的漫长雪意。

雪意又多么无常，它戴着面具
成为炉火和柴薪，加入夜之温存，
呼唤新时代的电灯：微醺足够
熄灭此间这些不停闪烁的光亮？

诗是渴的，和歌并不觉得饿，
二者的相融让世界又轻震了一下。
把身体委托给语言的火苗，
灵魂被烤得轻盈。恍惚深处，
这轻盈——这轻盈扑向了炉端？

2014-12-21作于日本东京。诗人田原先生冬夜携我至有乐町炉端酒馆夜饮，得会高桥睦郎、小池昌代、陈克华、傅元峰等诗人、学者，在轻微地震中听雨、读诗及闲谈，尽欢而散

辑五：湖水年年到旧痕（历年诗选27首，2004——2021）

失踪

那些生命中渐渐陈旧的名字，
失踪于某年某月，某个黄昏。

这个夏天的末尾，
邮戳失踪于风雨，
泥泞还在路上兼程，
大片的叶子飞得决绝而无情，
我在很深的黑暗里，
闻到了来年草色腐烂的气息。

2004-8

所见

窗户外面鸟声溢出四季,
不安分的音乐此起彼伏,
天很快就黑了,黑得发白,
2005年9月的一个黄昏和黑夜缝接,
在缝接处我看见了摇动的手指。

黄昏和黑夜之间是一条缝隙,
满目的灯光是否能
真的填补这一刻的空白?

2005-9-12

凌晨的颜色和声音

深入事物的局部。倒影清晰,
迅速爱上金属铝做的钩子,
趁没有月色,将帘帐高挂。
一切都是相通的,甬道的那头,
水的锋刃急转而下,往里弯曲,
正微微泛着绿色。

纸的背面太过单薄且长满暗疮,
为了进行更坦诚的谈话,
我们是否需要将自己交给凌晨,
从常态中被逼回来,再暗示
下一个月圆之夜,甜腻的呼唤等同于
轰鸣的另一半?

2006-5

窗户的道德优越感

玻璃光泽立场暧昧，风景入梦，
在醒来之前，迟到者惯于讲述遭遇。
尽管春天是令人欣喜不已的，
我还是感觉到了侵略、代谢。
植物在窗框里生长，近似于
模拟一场场细碎的死亡。

它给你一个确定的边界，安全而稳固，
抒情的开始和结束都被记录在案，
花朵盛开，花朵零落，仿佛设定好了的情节。
高度给人以另类的视角，它似乎在宣称
"季节是不可知的，眼前所见是不可信的，
你只需要不动声色地观望"，
并以守护者自居，成为涉足禁区的第三者，
隐然告诉世人爱与恨的巨大归宿。

植物雨水充足，它们飞啸而过，
变成一颗颗素不相识的子弹，
划过玻璃绰约的身影，划过边界，
如鲜亮的、发出声响的弧线。

2007-3-21

花草市场

我看着我的右边,她静默得
仿佛植物学家的女儿,
幻想自己是半丛水藻,一直沉下去。
这根本不是一个适合打捞的时节,
我喃喃。从巫山到高唐的绿皮火车频繁晚点,
它连接的是两个虚构的陈旧地名,
带来的消息暗藏玄机,不宜外泄。
它引来了水。水,水流向长满苔藓的舌尖。
"你依旧改变不了植物的本性,你依旧
在冶艳的生活里,郁郁葱葱,吞咽爱情。"

六年了,我过着没有父亲的日子,
已经六年了。
我从来不知道我的父亲是否喜欢
这些明亮的植物,
他从来也没有提起过
晴天里的花草市场。在这个陌生的城市,
没有高架、地铁、磁悬浮,
没有发臭的河流、碰撞的呼吸和额头。
我的恍惚离你们最近,离植物们的身体,
那些半裸的、摇曳的身体,最近。
我仿佛疼痛口腔里的那枚龋齿,干枯、

空洞，盲目，不知所措，狠命地拽住那些
吊兰、九彩杜鹃、丁香和四季秋海棠，
当然，你知道，也少不了
菊、仙人掌、文竹和水仙，所有寄居在秋天
或不在秋天的忧郁灵魂。

翠色出口拥挤不堪，碎屑漫天飞舞在
眼神的旋涡。那个阳光温暖的瞬间
太沉默了，我觉得自己在它面前
完美得一无是处、没有尽头，
如同尘世饱满的情欲，以及你的
长长的睫毛，水色，弯曲，犹豫不决。
你说：有你，我就很快乐。

2007-8作，2008-1改定

风雪与远游

若觉得这会是一次更深的失败,那么你便错了。
它们只是一样的模具,在没有差别的四季,
给我一个无能为力的开始,
于午夜啸聚,出产类似的影子。
如今,我们在汉语内部遭遇芳草、流水和暖红,
无处不在的现代性,那非同一般的嚎叫。

你不知道,有些生动的植物以及
值得说道的枯燥细节仍在左右着我们的步子。
部分人在场,另一部分人抽身,
你从来都不是风雪背后假想的敌人,
能够见证时间的下坠。

一枚橙的汁液中我们怀念汉语,身体的
隐秘部分浸没其中。小腿的光滑弧线痴了,
还有骨骼、关节、血肉和毛发,它们
左右着词与词的相逢和零落,它们断言:
"不生长植物的季节,是干枯的。"
但是这残缺之上的完整可以被触摸,
是所有的光辉,让我们激动。

可设计一场情节显豁的远游又能如何?

你能在二月的阳光之浅里提炼出湛蓝?你能
在赭石色的花朵里取消比喻?
你道不明这样的午夜之轻、风雪之面具,
它们具有虚构的全部特征。掌握它就意味着,
为造物而生的机窍,在你我的掌心静泊。

2008-2-1

入冬

你紧了紧身上的衣服,
走出来,
走到街口。

那儿没有黄昏的灯盏,
一地的碎玻璃,
无人清扫。

失血的天空伸出厌倦的手指,
这个高烧不退的城市,
终于有了新的猎物。

2009-12-11

深夜食堂

风声里,笋尖辛辣的密谋胎死腹中,
咸菜正试图挣脱汤碗,回到布满青苔的齿缝。

请挑选一种逃离的方式:油炸、清蒸或爆炒。
锅底遍布淋漓香汗,照出另一个春曦深藏的竹叶青和鱼
　肚白。

2010-4-28

凤梨劫

内心甜蜜的较量,含混而亲密,
你明晃晃的解甲归田的心思,裸露在早春的空气里。

剃去鳞片,喉的天险如何飞渡?
红得深入骨髓的证明,在唇齿间,作销魂的一吻。

2010-4-29

夏日即景

长江南岸,倦意滋生的
午后,这块审美的腹地面临着
目光有预谋的包抄和劫掠。
要沦陷,就干脆彻底一些——
狭小的阳台上,晾衣竿撑起
日常生活的万国旗帜:
从汗渍处退役,欣欣然
投入带有肥皂香味的空气中。
让它们无风自动吧,为了
显得更像生活在人间,你不介意
下一趟楼:从十一层到地面,
左拐到一扇从不关的院门边;
绕过密云路街角拥挤的人群,
从未如此接近过市声,
它饱满而自足,不理会
一个无聊观察者外行的倾听。
耷拉的叶片上布满灰尘,
枝条各安其位,如同夜晚
井然的繁星秩序,不可测度。
这能安然面对风雨暴动的
柔弱之物,会让你忘记
植物分类学和部分园艺知识。

喔，对，还有夹竹桃，
这剧毒的植株
有着诱人的殷红之唇。

2011-6-8

避雨的人

他们互相望了望,在路边医院的
玻璃廊檐下,听匆忙的脚步。

裂开的乌云带来白昼的消息,
往地面倾泻恩典与光束。

一辆货车驰过,面孔和雨披交替
出现在这幅画面的角落。

不断有身影投向雨幕,不断有风刮过。
额上的水珠,滑入新来者的沉默。

都是已经上岸的赶路者,
太阳一照,谁还记得水的痕迹?

在这样的晴天,你要走向避雨的人,
成为那群人中最新鲜的一个。

2012-8-24初稿,2016-4修改,2021-8再改

海葵

哦！这种天气可真恐怖，
洼地与风合谋，招来了
陈年的海和崭新的水。

没有珊瑚和岩石的慰问，
两只笨拙的寄居蟹
摩擦发出的声音，
来自螯足长节内缘的列齿。
它们弹出了
全旅馆最欢快的
温柔曲调，在旧时
破败的日本租界。

这智商低下的花朵却有
饱含杀意的触手。它撩拨起
你漫长的饥饿和渴意。

晚餐带来最初的甜。
风暴中的肉食和点心，
参与了这战栗的美妙
和最终的暴雨。

2012-8-8

咸鱼书店

仓库或殿堂，知识的？哦不，
在国年路不起眼的
小角落，它教授似的坐在
二楼，没有二郎腿可跷。
凳子立在菜市场
巨人的肩膀上，鱼腥味邻居
和烂菜叶兄弟，正用
业余微笑去招徕顾客；
网吧在对面生意兴隆，吵醒了
他们的眼镜片，在啤酒瓶底。

这堆书本要是有隔壁
旅店前台一半的姿色就好了，
雾里看花，花倒是好的食材。
把自己当个疑犯，在入口处
先寄存好脑袋里的
这些异端思想，
才能接受书架们的表情检阅。
时不时飘上来的咸鱼味道
正亲切地和你打招呼：
楼上的朋友们，你们好吗？

爬上木质楼梯，回廊顶贴着
"小心头顶""请勿踏空"
字样的标语。来访者们不顾
打战的双腿，正集中精力
拣选那些分好了类的霉味——
左拉性爱小说、《切文古尔镇》、
菊花栽培技术、养殖手册、
人体艺术、气功精选……
莱布尼茨，这康德的冤家，
伸出了独断论的枝条，
铸雪斋抄本《聊斋志异》要
伸手去接这个抛过来的
媚眼吗？当然，也可能
是个山芋，它兴许还很烫。

2012-11-28

柳絮还是杨絮

在兰州,满街飘着絮状的
不明飞行物。它们打在
疾驰的车窗上,看上去要
用身体来擦干净上面的灰。
几个南方人窝在车座中,
絮叨着寄存在春天的雨水
怎么还不来为本地还上
欠下的季节性债务。
这里的黄河水居然是
清澈的,被两条大道夹着,
正在改变我们的想象力。
你是外地人,是这里的过客,
你说这是柳絮吧,
南方很常见,大西北居然也
多得可以组织起一支舞队了。
它们是柔弱腰肢上不小心
甩下来的赘肉,西北的
柳树姑娘们也要向南方看齐。
他说不不不,这应该是杨絮,
你看旁边的杨树比柳树
种植得更多,它们的叶子
略粗些,是西北女孩典型的

眉毛样式。他说这个问题
很严肃,不仅关系到植物的
名分,还是审美的拨乱反正。

2013-4-21作于兰州,2013-5-3修订于上海

去京都

平安京就在眼前。历史撞上来
并不介意接纳一个外人的到访。

穿过传奇、知识、视觉和
审美共同编织的道路,我正
沿着东边的海岸线,飞速掠过
日本的城市和乡村,经历明暗
变化,和陌生之物一一照面。

这山川不过是变换了地址的
旧风景。我将耳边的新奇感叹
轻易转译成一种新的方言。

越来越近。我要去的京都
包裹着想象的躯壳,我要去的
这个地方年华静好、景色如初,
正用距离稀释着旅人的归途。

2014-11-24 东京至京都途中

奈良

无数沾染旅愁之长夜，
不及奈良的一个清晨。
何况那场初醒如此鲜有，
日光为它披上明亮的壳。

踩着落叶到了春日大社，
携带露水与初生的凉意。
深秋在枝头结就红云，
映照银杏树间的鹿群。

向着旧物放下人间担荷，
青春请求能够终老此间。
用外乡人的口音祈福，
或者听听别人的说辞。

你渴求这一刻的停顿，
却免不了收获些沮丧。
你习得的新语言是沉默，
它们如柿树般结出果实。

2014-11-28　奈良至名古屋途中

东京初雪

雪,迟于元日初谒的时辰。
从本愿寺到二重桥一路疾风
浓云,间杂银座喧闹人群间
资本的烟火。几个镜头闪回:
落座,交谈,午餐时筑地市场
新鲜的鱼类——雪意深藏,
而冬天并未明示所有的惊喜。

首先是视觉的异样,有飘落物
洇开在路面,成为冰冷的斑点。
接着是在脖颈和肩膀上的
紧密聚集,我们终于意识到
自然的再一次翻覆。你仰头,
灰蓝的天空正在抛撒白盐,
它如何提调起午后之咸涩?

钻入一家咖啡馆再好不过了,
它隔开路面的雪白,造化
暴烈的训诫。室内的温煦让
沾着雪片的衣袖湿了半边,我们
坐下交谈,为所有可能的相逢:
若无咖啡与烟卷,又如何消受

这突来的异国新年、他乡初雪?

2015年元旦于东京

雪堆上的乌鸦

前几天是一群,今天就一只。
它停栖在一根红色杆子上,
用喙梳理着深黑的毛羽。

那根杆子斜插在雪堆中,
用途未知。我们只知道
它如今成为鸦群的领地。

这只乌鸦今天落单了,
它的同伴不再聚集于杆子周围
湿漉漉的水泥地面。

乌鸦打算飞出去,翅膀张开,
扑腾起一大片雪的飞屑。
它的夜行衣,雪的素白,蓝天
衬着那根杆子通身的红色。

午后的慵懒光线并不扎眼。
除了雪堆上的这只乌鸦,
再没有别的事物提供暗示。

2015-1-17 北海道新千岁机场

健身房素描

头一天下午是独属于他的时辰。
他顺从地将身体卡到蝴蝶机里,
或者坐在对面的水平推举机上
调整磅值,用劲推了出去。
接着在高拉训练机前变身为
使用滑轮攀爬的西西弗斯——
为此他几乎用尽了全身气力。

并不能停下来。尤其是遭遇着
机器零件的撞击,这一场大合奏。
他休息的方式就是把那具肉身搬到
另一台能生出肌肉的钢铁骨骼中;
又或者将手搭在落地窗边仰卧机的
摇臂上,他拱起身躯又将它压平:
那手的半边被点亮,另外的半边
陷入了暗影。在间隙里躺着休息,
他斜睨着夕光在自己臂弯的圆弧间
闪出火的微弱,金色绒毛的细腻。

第二天晚上他重复了这些动作,
除了动用那根燃着暮光的火柴。
他不再去机器上做仰卧起坐,因为

那里如今来了新人。健身房开着窗,
春寒在少女粉红的手臂上撒满颗粒,
带来甜味,如灌木中密布着的树莓。

2015-4-20

酸甜小史

市声溢出街衢,涌入幽深的
社区花园。音调里,甜裹着酸。
小满前主角是樱桃鲜红的吻痕;
小满后则迎来了大批杨梅,
挤在三角地菜场全部的水果铺,
将色调替换成凝固的暗紫。
还少不了团在粗糙躯壳里
那南来的令人心动之莹白。
果肉紧贴在核上献出汁液,
悄然提供攻占味蕾的机缘;
残余的梗与叶却依然执迷于
最初的摘采。唇造就宇宙的
第一缕光,如树结出果实:
这是独属于铺叙的时刻——
真正被点燃的是石榴嫩枝,
再过几个月,那饱满的颗粒
终将回忆起初夏的孕育期
这扑簌而来的火焰之色。

2015-5-23

诗人的隐秘生活
　　——用C.D.赖特诗题

诗人从云端跌落到了
具体的此时。
生活则不断召回它
派出去的使者:
在人间,你是否已赢得
收获的贫乏与丰盛?
咖啡,音乐,冗长午后
能给出的一切福利。
裁判者从不现身,他
注视着这平静的一切。

今夏凉爽,让人迷恋。
洒水车在不远处劳作。
窗外,风中摇摆的竹枝
投下了青翠的荫翳。
嘶哑的蝉鸣时断时续。
哦,我几乎快忘了
关于诗人的不幸消息。

穿过街衢,走进楼群,
在上海的旧工业区深入

厂房于新时代的改建。
如今改建早已完成,
人们委身于写字楼
枯燥的日常。而我在等待
又一天的过去,垂下窗帘,
昂着脖子劳作,屏幕
散发的微光
衬出脸部的轮廓。

2016-6-6　沪上

雨夜物语

湿鞋子和公交站台截住车灯，
光柱里遍布雨幕析出的绒刺；
那些细小的湿尘，悄悄贴上冬衣。
要寒冷中赶路，准时回家，
要在那迷人之冬读几篇上田秋成①，
遥望下一个晚春的雨霁：

新声甜腻，市井潮红，在絮叨中
天然的礼物让讲故事的人感到羞愧。
而生活得以继续。风用它的声音
颠倒梦想，翻动摊开的书页。

2017-1-6 姑苏雨夜

---

① 上田秋成（1734—1809），日本江户时代后期著名作家、学者，创作以小说成就为最高，著有《春雨物语》及取材于中国宋话本和明清小说的《雨月物语》。后者被誉为日本怪异小说的顶峰之作。

咖啡独奏

从百步街转入盛家带,推开
路口的那扇玻璃门,走进去。
你能立刻闻到被研磨的香气
飘散在这间屋子的每个角落:
刷红的墙面,百叶窗低垂,
屋顶倾斜缀满瓦片,三两盏
台灯亮着,一些旧书慵懒地
摆放在了几个简易书架上。
散漫的服务生总是没有零钱
来应付你递过去的现金,
但她毫不因此而紧张——
如同安坐在这里的少女们
那样,并未像咖啡豆般
留意自己的赏味期限。
你选择了靠窗的老位置,
背对着那条河坐下,打开电脑,
屏幕在亮起前反射着午后的阳光。
你往前看,左边是两只黑沙发,
它们局部已被磨白:要经历多少
包裹在衣物里的躯体的摩擦,
才能有这样诚实的裸露?
你回头,玻璃外面静水深流,

波澜不惊的河面，泛着抹茶绿。
河对岸的几丛迎春花正在
好时节，微风中摇曳，应和
室内循环播放着的乐音。
你在这里度过了半个白天，
没有做成什么事。
远处那几座古老的石桥，
随时准备着嘲笑你的焦躁。
然而这也没什么大不了的。
那只趴在书架边的猫转动着
它的绿眼珠，伸个懒腰，
试图用它的惬意人生来抚慰
你杂乱心弦的独奏。

2017-2-28 苏州的日常

译李商隐《李花》诗

中途缀满落英,我已多次经过
朝向忧愁的暮晚与晨曦。

小枝从褐色里撑出,伸向粉白
包围花心的严肃时刻。

你祝福夜行人,用渐次亮起的
路灯,钢铁撞击,马达轰鸣。

沾染月色的超短裙,黑暗中
浅笑着试探煦风微痒的欲念。

蜜粉取自嫩竹,薄霜轻柔
勾勒每一处的丰腴与精致。

新款淡香的前调足以降服
为睡莲补妆的克洛德·莫奈?

少女们总要成为别人的新娘,
拨开花瓣,看见果实的雏形。

哪怕这个瞬间过去了很久,

她们的肌肤仍透着玉的光泽。

2017-3-6 苏州惊蛰日

幽素

旧日之雨滴落在屋檐，溅起
新的烛花——即使它早已
为台灯的光晕所取代。
被子统治冬天最后的时辰，
借助于羽绒、羊毛或蚕丝，
如春天到来前后的薄薄烟絮
象征着暖晴或鲜甜的菜蔬。
寒雾笼罩花丛，褐枝稀疏如
老者的乌发，梅蕊之红却
分摊到了青年的朱唇。
你偏爱现代的机巧胜过古人
的幽情素心，他们的笨拙
织进了绸制的宜春燕，
而我们以不合时宜为傲，
以偏爱为性情的标志。
如今的气候不同以往：
纤指破开冰面，里头或许
没有期待中的春水涌动。
典故立的规矩更可能遭遇
联想的强暴：吴盐胜雪，
佐餐的却是一枚苦柑。
你在镜中目睹往来的路途，

路途中覆盖的茫茫霜雪,
销不尽的寒意和万古愁,
要融于落英和永恒的春酒。

2018年立春在望,檃栝吴文英所作两阕立春词而新其意

在泰州

陆海相接,天地交泰:三人
行于超出水面的高地。麻姑
昔年即在此处亲睹东海扬尘?
千余年里那杯春露渐温,冰冷
化开后泻入凤城河,能否析出
上古之盐粒?这时间凝就的
结晶体,要面临命运如斯——
被红粟与桃花着色,点染到
某块扇面;被柳敬亭和梅兰芳
灌音,变为艺术的黑胶、磁带或
芯片;被范仲淹与滕子京的早年
交往塑形,忧乐之辩预演于斯,
望海楼前封存着友谊的备份;
被胡瑗和王艮的灵魄注入一缕
精魂:求道问学,格物致知,
高妙即平实,无非家常日用。
在泰州,这颗结晶体是海陵
与古为新的城市之心,藏于
每条街道、每个日夜,梅雨
季节的每把伞下,夏日里
繁茂滋生的任何一片树叶之中。

2019—7

李贺《春怀引》^①新释

妙龄人的酣眠即使能比那堆
硕大的花片还沉——足以压低繁枝,
又何处寻得通往绮梦的芳蹊?
况且还要时不时醒来,领略
午后的短晴或薄暮的雀跃,
直到夜幕裹住初春单薄的身体、
为时疫与未来揪紧的心。

醒来就是从梦中往外眺散^②
发着迷人气息的一轮新月,
摆脱原先侧躺而蜷着的睡姿,
伸完懒腰后绷成一根弦,向
紧张活泼的夜生活进发。它或许
要被装配到天边的那张黄金弓上,
无风自动,奏响欢乐的曲子。

她或许又不甘心这样的醒来,
因为在黑甜乡中被拨弄的弦不止

---

① 李贺《春怀引》原诗:芳蹊密影成花洞,柳结浓烟香带重。蟾蜍碾玉挂明弓,捍拨装金打仙凤。宝枕垂云选春梦,钿合碧寒龙脑冻。阿侯系锦觅周郎,凭仗东风好相送。
② 特朗斯特罗姆《序曲》中诗句:醒来就是从梦中往外跳伞/摆脱令人窒息的旋涡/漫游者向早晨绿色的地带降落。

一根：她的每缕发丝都能发出
不同的歌声和异香，在从首饰盒
进入的奇境里上演数场音乐会。
她希望那时候有风，能将
这些音符和气味吹到梦外去。

然而梦外如今只有吹散的轻尘，
昼夜颠倒后对一切恢复如常的痴想。
当然她也可以选择继续睡，直到
向下一个早晨的曙色地带迫降，
将体内叛变①的各个零件牢牢系住。
在此期间，不妨效法白昼时对咖啡的
眷恋那般，给意犹未尽的梦境续杯。

2021-3-13

---

① 奥登《悼念叶芝》中诗句：他躯体的各省都叛变了。

追踪"古意"的现代诗性维度

——以茱萸的《李贺〈春怀引〉新释》为例

臧棣[①]

茱萸这一代诗人基本上赶上了新诗百年历史中最好的时光。前面几代诗人对新诗现代性的摸索,无论这些诗人有多么天赋异禀,但从处境上看,都可能处于盲人摸象的迷局之中。事后不服气,事后找辙,也不过寻点安慰而已。比如,像茱萸在这首《李贺〈春怀引〉新释》中的做法,如果放在新诗历史上的其他阶段,都可能被视为现代诗写作的异动,涉嫌重大的现代诗的风标转向,进而引起莫名的争议,最终分神诗人对诗意的专注。按下之琳的分类,特别就文学行动而言,茱萸的写作似乎可以归于某种更宽泛意义上的"化古"行为;但如果细究文学的动机,对诗歌主题的现代意识,将茱萸的写作抱负限定在作为诗歌方向的"化古"上,显然低估了他的创意。茱萸的类似取材古诗的写作,还有很多,如果它们可以构成一种诗歌现象的话,我以为确乎值得新的重视。这样的写作,实际上重新打开了当代诗人进入古诗和现代的对峙性的格局。原先的争议惯性是,诗人只要稍稍谈点对古典诗性的现代认识,就会被文学史场域自动拖入新诗的化古

[①] 臧棣,当代诗人、批评家、学者,鲁迅文学奖诗歌奖得主,任教于北京大学中文系。

动向或新诗的古典主义来大加甄别，往往引发不必要的意气之争。茱萸的幸运是，诗歌场域的敏感性在对待此类动向方面现在已大幅降低，他可以尽情施展自己的才华，凭借自身的学养和聪慧，在同一领域，玩出或贡献出更出色的技艺。事实上，也的确如此。类似的写作，现代诗歌史的奇才吴兴华，也在20世纪40年代做过不少出色的展现。如果拿来对比茱萸的写作，我们多半会感叹茱萸这代诗人的幸运。很多弯路，几乎是自动就消失不见了。茱萸的才华和兴趣，在当代的诗歌场域里可以得到更尽兴的发挥。

回到这首诗。对古典作品的重写或仿写，一直是现代文学最喜欢做的事情。从文学动机上看，李贺的《春怀引》写的是怀春主题，借春景写春心，借春心写生命的自我意识。诗的意图表面上看有点曲折，但并不隐晦。而茱萸的"新释"则把现代文学的戏仿技法发挥到了极致，它让我们看到，即使题材已相当熟悉，主题也从不陌生，但自我意识，作为现代诗的一个最重要的视角，还是可以在面对相似的题材时，发掘到新的东西。茱萸的写法，让汉语诗性中的兴趣，不仅获得了新的意趣，而且重塑了卞之琳孜孜以求的"戏剧性处境"。说极端点，中国古诗哪儿都好，纯按抒情性来自律，几乎挑不出任何文学上的毛病，但从审美趣味来讲，就是少了这"戏剧性处境"。或者也可以这样看，茱萸的写法，让原本拘泥于的"诗的兴趣"，获得了一种更富有戏剧性的表达。给予兴趣以戏剧性，或可让诗人的意识伸展到更细腻更丰富的生命情境。至于语言的样态，茱萸的诗歌句法也属于自创一格：他的表达偏向书面语，但内在的节奏却处处追溯着生命的真实。